AF142866

TRIPOLI

Vincent Dionisio

TRIPOLI

© 2018, Vincent Dionisio

Dépôt légal : novembre 2018

ISBN : 9782322090433

Édition : BoD – Books on Demand

12/14 rond-point des Champs-Élysées, 75008 Paris

Impression : BoD - Books on Demand, Norderstedt, Allemagne

A Julie

Prologue

« Je vais me tuer demain ». *Une larme naquit au coin de son œil rougissant. Sa légendaire sobriété était tournée en ridicule par la théâtralité exagérée de la scène. Immobile face au miroir, perdu au milieu de l'instant le plus désespéré de son existence, il se surprit à plagier Richie Tenenbaum, héros droopyesque d'un film injustement oublié. Exquise ironie que celle qui mêla ses sanglots à un éclat de rire nerveux.*

« Je vais me tuer demain ». *Et ainsi allait la complainte de cet homme qui, non content d'avoir oublié sur le chemin de son évolution ses rêves et désirs, avait laissé échapper la seule motivation qu'il n'ait jamais eue en ce bas monde. Toute la magie de ses vingt-cinq années d'existence résumée en un mot, désormais synonyme de souffrance. Anne. Il avait si longtemps cru ne pas être capable d'aimer jusqu'au bonheur qu'il aurait préféré avoir eu raison tout ce temps. Mais, naturellement, la fatalité, ou quelque chose comme l'ironie du sort, l'avait rattrapé. Et l'avait foudroyé au hasard d'un retour prématuré de reportage…*

« Je vais me tuer demain », *disait l'homme qui avait sans doute été trop honnête pour prétendre au bonheur. Et qui se trouvait désormais dépourvu de toute raison de vivre. Triste, désespérément triste, ravagé de tristesse, il se retournait sur son existence en réalisant froidement que rien n'avait tourné comme il l'aurait souhaité. A 13 ans, il avait* résolu de devenir journaliste, ému par les mots illustres d'un futur confrère : « La meilleure des armes reste la plume ». Il n'avait jamais rien voulu d'autre que faire le bien, rendre le monde meilleur ; du moins autant que faire se peut à l'échelle d'une vie. Maîtriser les mots pour ouvrir les yeux de ceux qui n'en ont pas les moyens par manque d'information, manque d'éducation, manque de clairvoyance, manque de conscience. Eclairer les lanternes de tous ceux qui souffrent en leur pointant l'injustice de leur propre situation.

« Je vais me tuer demain ». Un bref examen de sa situation actuelle suffit à lui faire réaliser quel immense gâchis, quelle immense déception était sa vie. Le rêve initial s'était heurté à un système trop bien ancré. Il s'était résigné, il avait baissé les bras et avait embrassé ce système qu'il aurait voulu, qu'il aurait dû combattre. Epuisé, vidé, il jeta un œil sur le reflet du réveil dans le miroir.

« Je vais me tuer demain ».

Il était minuit.

Il saisit la lame de rasoir posée sur le petit comptoir qui, quelques minutes auparavant encore, était blanc. Froidement, mécaniquement, il appliqua l'acier sur son poignet et perça la peau. Un léger filet de sang s'échappa de la blessure. Galvanisé par l'efficacité de son geste, il poursuivit plus avant son entreprise d'autodestruction. Le poignet droit ne résista pas plus. Fasciné par son œuvre, il contempla les deux plaies béantes qui mythifiaient ses avant-bras. Un sourire dément déchirait son visage. Possédé par tant de pouvoir, *il ne put résister à l'envie de se scarifier plus encore. Son torse, ses biceps, son cou n'étaient plus que lambeaux de chairs lorsqu'il plongea dans un sommeil profond. Ce sommeil qu'il avait tant désiré.*

1 - Tiago

Il regarda sa montre. 18 heures 17. Encore trois heures d'attente. De quoi user tout passe-temps. Tiago avait beau être d'un naturel assez joueur, il ne s'était jamais trop amusé tout seul. Contrairement à l'image qu'il renvoyait souvent, et qu'il cultivait à envi, il ne supportait pas la solitude. Et, naturellement, il y avait des endroits bien plus ludiques que l'aéroport de Tripoli en 2007.

Tiago y avait atterri à 16 heures 15. Toute la volonté du monde n'y faisait rien : il était, et est toujours, totalement impossible de rallier Niamey sans passer par la capitale libyenne. C'était la mort dans l'âme qu'il s'était résigné à faire une escale de cinq heures dans cette ville dont il avait trop lu le nom dans la presse. Tripoli, Kadhafi, terrorisme, infirmières bulgares, fondamentalisme religieux, sexisme absolu... Lui qui se trouvait en plein retour sur lui-même, en pleine quête de rachat, avait trouvé le moyen d'atterrir dans un des endroits les plus représentatifs de ce qu'il s'était toujours juré de combattre.

L'aéroport, en soi, n'avait rien d'extraordinaire. Deux immenses portraits du guide suprême de la révolution se faisaient face, ornant les immenses murs jaunâtres. Une baie vitrée, à l'autre extrémité du terminal offrait une vue sur les pistes poussiéreuses. En dehors de cela, rien d'autre que le nombre affolant de militaires présents sur les lieux ne distinguait ce hall d'un autre. Les quatre rangées de banc n'étaient occupées que par les membres du vol de Tiago. Des Français, pour la plupart.

Un couple de retraités semblait se dessécher à vue d'œil. Les distributeurs de boisson se situant à l'autre bout de l'immense salle, ils avaient demandé à un trentenaire massif et barbu d'aller leur chercher de l'eau. Aimable, ce dernier s'était exécuté, et avec le sourire avait ramené une petite bouteille d'eau.

Derrière les deux anciens se tenait une famille de Nigériens. L'espace d'une seconde, Tiago se demanda s'ils n'avaient pas été expulsés par le gouvernement français. Mais les visages semblaient sereins, paisibles. Pas l'ombre d'un sentiment de tristesse n'émanait des deux fillettes, ni de leurs parents. Lesquels semblaient avoir fait connaissance avec le samaritain porteur d'eau, dont la présence sur ce vol demeurait une énigme pour Tiago.

Certes, le couple de retraités ne semblait pas non plus disposer d'une raison évidente de se diriger vers Niamey. Mais la famille locale retournait manifestement chez elle, tout comme les deux bonnes sœurs assises un peu plus loin devaient effectuer quelque chose comme un voyage initiatique. Voire d'évangélisation. Idem pour la jeune femme en tailleur, cinq places à droite de Tiago, dont le look tiré à quatre épingles, l'attaché-case et le sérieux manifeste témoi-

14

gnaient d'un voyage d'affaire. Mais cet homme, colossal du haut de son mètre 90 et de ses 100 kilos bien tassés, apparemment d'un naturel aimable et serviable, et dont les traits rondouillards étaient accentués par une barbe fournie, que faisait-il à bord d'un Paris-Tripoli-Niamey ?

Cette interrogation futile provoqua chez Tiago un mal de crâne d'une violence inouïe. Il y était souvent sujet depuis son « accident ». En général, ses migraines s'accompagnaient de douleurs brutales au niveau des cicatrices de ses poignets.

Un an était passé depuis que son frère l'avait trouvé allongé dans sa salle de bain, baignant dans son propre sang. Bruno avait eu toute une série de réflexes salvateurs qui avaient permis à Tiago de survivre à sa tentative de suicide. Fort heureusement - une question de point de vue - aucune artère n'avait été touchée. Son heure n'était pas encore venue. Seulement celle d'un changement radical de cap.

Après un moins d'hospitalisation, Tiago fut contraint de séjourner six mois dans un établissement psychiatrique. Les médecins avaient été pour le moins troublés par les impressionnantes cicatrices au niveau du torse et, surtout, du haut des bras. Croyant à un acte de folie passager susceptible de se reproduire, ils conseillèrent à Tiago un séjour médicalisé dans un établissement fort recommandable et, en l'occurrence, fort recommandé.

De cette période, il ne conservait pas beaucoup de souvenirs. Assommé la plupart du temps par le lourd traitement prescrit par quelque médecin zélé, il n'était plus ou moins lucide qu'au cours de ses crises d'angoisse nocturnes. Lesquelles provoquaient une augmentation de la charge médicamenteuse. Les promenades dans le parc de l'hôpital ne donnaient lieu qu'à des siestes sans rêve tandis que la plupart de ses repas lui étaient administrés par une infirmière moyennement douce prénommée Thérèse.

Tiago ne sortit de ce long rêve qu'au bout de huit mois. Totalement anéanti physiquement, il mit plus d'un mois à se remettre sur pied à sa sortie. Largement aidé en cela par Bruno. D'une simple cure de vitamines, ils étaient passés à un régime à base de fer puis à un entraînement physique particulier. Si l'esprit demeurait engourdi par les cachets, le corps se remit d'aplomb en quelques semaines.

Durant ces nombreux jours, l'esprit de Tiago tenta de comprendre ce qui avait pu lui arriver. Certes, la perte conjointe de ses idéaux, de son amour et de tout but constructif dans la vie n'était pas une mince affaire. Mais de là à commettre le quasi irréparable ? Il se souvint que la maturité avec laquelle il avait abordé son suicide lui était venue d'une double interrogation : comment en suis-je arrivé là et qu'ai-je encore à espérer ? S'il est légitime de se demander ce que des hommes comme Bill Gates ou Richard Bronson ont encore à attendre de leurs existences, il en va de même avec celui ou celle qui a tout raté. Tiago se voyait vivre éternellement aux côtés d'Anne, combattant l'injustice armé de sa plume, ne cherchant la reconnaissance que dans les yeux du petit Rwandais enfin nourri. Il s'était trouvé journaliste minable d'un minable quotidien régional, vautré dans sa propre médiocrité, l'esprit tellement vaquant qu'il n'avait pas vu son ange s'envoler. Et il s'était trouvé trompé, trahi, abusé…

« Ce qui ne nous tue pas nous rend plus fort ». Bruno lui avait souvent répété cette sentence irrévocable. Comme un fait entendu, une vérité universelle. Forcément, il y avait beaucoup réfléchi. « Ce qui ne tue pas nous rend plus fort ». Mais qu'entend-on exactement par « plus fort » ? Plus fort veut-il dire plus apte à affronter les épreuves de la vie ou littéralement immunisé à toute forme de blessure sentimentale ? Si tel était le cas, Tiago n'avait jamais rien souhaité d'autre que de demeurer faible. Garder sa révolte, sa capacité d'indignation, sa rébellion constante, voilà ce qu'il désirait. Bien sûr, cela rendait particulièrement vulnérable aux différentes attaques que le destin met sur notre chemin. Mais plutôt mourir que de faire partie de cette caste des « forts », cette élite composée de cœurs de pierre, de cyniques malveillants, incapables du moindre mécontentement face à l'ordre du monde. Car, enfin, un blindage sentimental n'est pas lui non plus dénué d'inconvénients. Il n'y aurait qu'à voir la réaction de François Pinault lorsqu'un clochard lui demande une-pièce-ou-deux-siou-plé…

Tiago était sorti de cette longue et douloureuse épreuve renforcé, certes, mais dans son sentiment que rien ne saurait remplacer un cœur bien placé et un esprit d'indignation à toute épreuve. Et maintenant qu'il avait touché le fond, il n'avait plus rien à perdre. Ça, il voulait bien le croire.

Tiago s'éternisa une fois de plus sur sa montre. 18 heures 39. Dingue ce que le temps n'avance pas quand on s'ennuie.

Près de lui, deux gardes barbus s'échangeaient des blagues en arabe, juste après avoir sévèrement rabroué une femme voilée pour n'avoir pas baissé les yeux devant eux. Les traditions les plus aberrantes sont souvent celles qui ont la peau la plus dure. Un peu plus sur sa gauche, la jeune « working girl » s'énervait sur son attaché-case. Elle lui disait vaguement quelque chose. Sans doute un reportage ou un passage télé éclair où elle expliquait les bienfaits de la nouvelle technologie inventée par sa compagnie qui, on vous le jure, ne pollue plus du tout. Tiago ressentit soudainement un grand sentiment de lassitude. Il se demanda si tout cela en valait bien la peine. Si toute cette gigantesque mascarade n'allait pas le desservir finalement. S'il n'aurait pas mieux fallu qu'il ne se rate pas un an plus tôt…

C'était le printemps. Tiago venait de sortir de HP. Son frère l'avait recueilli et avait résolu de le retaper intégralement. Entraînement physique, certes, mais aussi reconstruction morale et psychique. Un de ses amis, psychiatre, lui avait concocté tout un programme de remise en forme global. « Mais attention, avait-il précisé. Si tu veux que ça fonctionne, il lui faut un but. Quelque chose qui lui donnera la motivation nécessaire pour se bouger. Sinon, ça va être très compliqué ». Bruno eut l'impression de se trouver face à un mur. Comment diable allait-il pouvoir trouver à son frère une raison de se retaper, lui qui venait de vivre le pire enfer de sa vie *après* avoir tenté de se suicider ?

Les premiers jours furent compliqués. Tiago refusait catégoriquement de se nourrir. Il passait ses journées dans son lit à regarder tout ce qu'il y a de sport à la télévision : golf, équitation, curling, cyclisme… Le reste du temps, il fixait le plafond, immobile. Cette période fut tout aussi pénible pour Bruno, lui qui voyait son frère souffrir sans ne rien pouvoir faire d'autre que se torturer l'esprit à la recherche du plus petit quelque chose capable de le sortir de sa léthargie.

Ainsi se déroulèrent les mois de convalescence de Tiago, totalement muré dans sa dépression, manifestement encore plus écœuré du monde qu'au moment de son accident. Désormais, il songeait rationnellement au suicide. Pas sur un à-coup, pas sur une crise, un stimulus quelconque lui donnant soudainement l'envie de se supprimer. Non, ce projet, ce fantasme était le fruit de l'intense réflexion que les commentaires décérébrés de journalistes sportifs lui laissaient l'occasion d'effectuer. Très schématiquement, il avait pesé le pour et le contre, et tiré le bilan : il voulait mourir. Au cours de ses années de vie « normale » (aussi valable que soit le terme), il s'était légitimement convaincu, comme tout dépressif chronique, qu'un jour ou l'autre, on finit par accepter de vivre avec sa tristesse inhérente et à s'y faire. Lamentable erreur que ces mois d'enfer avaient au moins servi à révéler. On ne s'habitue à rien qui ne soit pas négligeable, voilà la seule et unique vérité de cette vie, celle dont Tiago ne voulait plus, lui qui comprenait désormais toutes les phrases toutes faites auxquelles tout un chacun finit par arriver. Non, « on ne fait pas toujours ce qu'on veut dans la vie » et oui, « elle est dure » cette « chienne de vie ».

18 heures 54. Un maléfice ralentisseur de temps était manifestement à l'œuvre dans l'aéroport de Tripoli. Tiago sourit à cette pensée. « Maléfice ». Un terme qu'Anne et sa fascination pour les mondes fantastiques n'auraient pas renié. Anne…

« Ça a pas l'air d'aller toi !

Etre tiré d'une douce et nostalgique rêverie par un immense barbu dont l'hygiène permettait l'interrogation, voilà qui en refroidirait plus d'un. Pas lui, il était trop en manque de contact humain.

Bonjour. Non, en effet, ça ne va pas trop. Ça commence à être long !

Son alter ego éclata d'un de ces rires gras et communicatifs que tout préjugé physique lui aurait prêté comme par enchantement.

- Ca, c'est sûr ! Et c'est pas près de bouger.

- Comment vous le savez ?

- Et ben ça fait plusieurs fois que je vais à Niamey, et je peux te dire qu'on n'y atterrira pas aujourd'hui.

- Mais on doit redécoller à 21 heures 15.

- Ah ça oui, on *doit*. Mais on dirait que tu ne connais pas l'Afrique, toi ! Tout stéréotype mis à part, il faut bien dire que tout ne fonctionne pas sur des roulettes par ici.

Tiago encaissa le très probable délai. Son interlocuteur avait l'air de bonne foi et, en tous les cas, pas suffisamment blagueur pour en faire un canular. Quand bien même, ça lui ferait une bonne surprise. La barrique barbue s'étira, toujours aussi bruyamment, et posa ses pieds sur les sièges devant lui pour reposer ses jambes. Pas de doute, l'homme s'installait et souhaitait continuer la conversation.

- Alors, mon ami, qu'est-ce que tu vas faire à Niamey ? »

« Un but, une motivation nécessaire pour se bouger ». Les mots du médecin résonnaient dans la tête de Bruno. Mais les jours se suivaient et se ressemblaient. L'été était fini depuis bien longtemps et les premières températures négatives faisaient leur apparition. « C'est beau une ville l'hiver », se plaisait-il à penser lorsqu'il regardait par la fenêtre. Il l'avait dit à voix haute une fois, début novembre. Mais Tiago ne lui avait répondu que par un grognement distrait. Son état de conscience n'était pas encore assez rétabli pour qu'il fasse preuve de la moindre gratitude à l'égard de son frère.

« Un but ». Bruno tournait en rond. Il aurait pu se complaire dans cette situation et attendre patiemment que Tiago ne devienne assez lobotomisé pour retourner en HP. Son frère ne lui coûtait presque rien. A peine un repas tous les jours et demi. Mais son état de conscience à lui ne lui laissait pas de répit et il pensait, encore et toujours, à un moyen de redonner à son frère goût à la vie. Il avait voulu surfer sur la vague sportive et l'inscrire à un club quelconque, quelque chose de physiquement peu exigeant et de déontologiquement peu engageant. Mais Tiago s'était refusé à faire un choix. Idem pour les ateliers artistiques, les séances de cinéma et les défilés de mode. Quant aux journaux, il refusait quasi autistiquement de les ouvrir. Un mutisme, une léthargie, une dégénérescence qui dura sans doute plusieurs semaines. La chro-

nologie était floue dans l'esprit des deux frères, chacun ayant une bonne raison pour oublier cette période.

Période qui prit fin le 18 janvier, jour d'un
match Allemagne-Suisse en curling…

> « Mon ami ? Mon ami ? Tu m'écoutes ? T'es
> quoi ? Un genre de narcoleptique ou un truc
> comme ça ?

Tiago se surprit à retrouver, l'espace d'un instant, sa fulgurance d'esprit d'antan en se disant, avant
même de rouvrir les yeux, que cela faisait deux fois en
trop peu de temps que ce grizzly le tirait d'un songe.
A ceci près que le second n'avait rien d'agréable, tout
légèrement nostalgique qu'il fut.

Désolé, j'étais perdu dans mes pensées.

> - Le meilleur endroit du monde pour se
> perdre, mon ami, si les bras d'une femme
> n'ont plus de sens pour toi.

Tiago sourit tristement. Les grandes déclarations
pseudo poétiques sur les femmes ne lui disaient rien.

> - Mes pensées n'ont rien du meilleur en-
> droit au monde, faites-moi confiance.

> - Ah, mais ça, mon ami, ce n'est pas à toi
> d'en juger, mais à ton cœur. Et m'est avis
> que tu sais, comme moi, qu'il agit à sa
> propre guise.

Tiago marqua un silence et se demanda quoi penser de son camarade pseudo philosophique. Il avait quelque chose de profondément répugnant et de franchement attachant à la fois. Comme une brutale tendresse de bûcheron canadien.

S'ils devaient apprendre à se connaître, au moins la discussion ne se ferait pas dans un seul sens. Tiago se redressa sur son siège et tutoya son voisin.

- Et toi, « mon ami », tu poses beaucoup de questions, mais tu ne dis rien. Comment tu t'appelles ? Et pourquoi est-ce que tu vas Niamey ?

L'homme esquissa un sourire.

- Je crois avoir posé la question le premier.

Tiago se gratta la tête et ne se sentit pas la force d'aller contre la douce persuasion du bûcheron.

- C'est une longue histoire, tu sais.

L'ours ramena ses jambes vers lui, se tourna face à Tiago, les croisa confortablement.

- Mon ami, nous avons tout notre temps et il ne nous est précieux ni à toi, ni à moi ».

La Suisse menait face à l'Allemagne et une très petite quantité de personnes sur Terre en avait quelque chose à faire. Tiago n'en faisait pas partie, Bruno non plus. Mais ils étaient tous deux rivés sur l'écran comme captivés, presque anesthésiés. A dire

vrai, les gens ne se rendent pas bien compte de l'intérêt d'un match de curling. Le stéréotype a la vie dure
car, en vérité, il n'est pas rare d'y être aspiré.

L'Allemagne venait d'égaliser lorsqu'un cri retentit dans la rue. Bruno vivait dans un quartier où
cela tenait presque du rituel, mais ce hurlement-là
avait quelque chose de particulier, quelque chose qui
retint son attention mais aussi, et l'événement se situait là, de Tiago. Pour la première fois depuis plusieurs semaines, celui-ci se leva péniblement, mais
spontanément, pour aller s'enquérir de la nature du
cri. Et là, le visage collé à la vitre libérée par sa main
écartant les rideaux, Tiago se réveilla. Il sortit d'un
sommeil qui l'avait trop longtemps plongé dans les
abîmes. Ce quasi-coma conscient, cette léthargie absolue dans laquelle il s'était vautré depuis trop longtemps prit fin à cet instant précis.

Sous le regard mi-halluciné, mi-bouleversé de
son frère, il prit, claudiquant, la direction de la porte
et emprunta les escaliers. En caleçon et t-shirt, il dé-
vala tant bien que mal les Marches en direction de la
porte de sortie, au propre comme au figuré. Le soleil
l'aveugla et il ne put donc pas se rendre compte de
l'incongruité de la scène à laquelle, involontairement,
il participait. Devant lui, un escadron de policiers na-
tionaux interpellait un homme. Celui-ci, hurlant à la
mort, avait attiré vers lui une foule qui désormais partageait son attention entre son calvaire et cet énergu-

mène chétif qui venait de faire son apparition en sous-vêtements.

Tiago, une fois sa vue récupérée, ne prêta pas la moindre attention à la honte que neuf personnes sur dix auraient ressenti et prit la direction des uniformes. La détermination qui, à cet instant, était la sienne échappa à tout le monde, mais pas à Bruno qui, posté à la fenêtre de son appartement, ne savait s'il devait s'inquiéter ou se réjouir de ce qu'il voyait. Oui, Tiago était poussé par une force quelconque qui lui avait permis de dévaler les escaliers et boiter jusqu'aux hurlements. Les badauds, eux, ne voyaient qu'un jeune homme maladif progresser tel un zombie dans une rue embaumée de cris, de palabres et des klaxons des voitures qui manquaient de l'écraser à chacun de ses pas.

Depuis cinq bonnes minutes que l'incident avait démarré, les hurlements n'avaient pas faibli et s'étaient même intensifiés. L'homme, manifestement placé en état d'arrestation, était âgé d'une quarantaine d'années et l'accent accompagnant ses revendications plaintives ne laissaient aucun doute quant à ses origines noires africaines. Modestement vêtu, il semblait présenter toutes les caractéristiques du sans-abri type : hygiène douteuse, chaussures trouées, carton et boîtes à chaussures pour seules possessions... Les trois policiers qui tentaient de l'enfourner dans leur voiture semblaient clairement s'impatienter. Malgré l'évidence de l'issue, la foule de curieux amassée alentours voyait plus dans la scène une anecdote à raconter en société, faussement outragée ou clairement amusée. Là encore, ils n'étaient que deux à avoir perçu le drame et à vouloir s'y opposer : les frères Santos, dont l'aîné avait quitté son observatoire pour, à son tour, descendre sur place.

Tiago, lui, avait retrouvé au plus profond de lui la nécessaire indignation et le louable courage de se révolter. Il fendait désormais la masse et ne tarda pas à se présenter face à la force publique. Essoufflé, il tenta d'intimer aux policiers de s'arrêter lorsque, exténué, l'un deux dégaina sa matraque et frappa l'homme à terre. Le craquement qui en résulta fit grimacer une partie de la foule. Tiago essaya à nouveau de crier son opposition mais, constatant que ses cordes vocales anesthésiées refusaient de lui obéir, il se rua sur le porteur de la matraque et prit, en lieu et place de l'interpellé, le second coup. Sa voix fit sa réapparition sous la forme d'un hurlement de douleur. Bruno arriva quelques secondes trop tard pour empêcher son frère de commettre l'irréparable. « Arrêtez ! Foutez-lui la paix bande de fils de putes ! » L'insulte arracha un murmure indigné de la foule et provoqua l'ire des policiers. Bruno ne put ni su faire quoi que ce soit pour briser l'inéluctabilité du scénario : le sans-abri et son presque-sauveur furent battus sous les yeux mollement dégoûtés des curieux et seule une personne trouva la force de s'opposer à leur interpellation. Les flics eurent leur arrestation, et la foule eut son spectacle à moindre frais. Il était 17 heures en ce mardi ensoleillé et chacun reprit ses activités. Qui de retour au bureau, qui prenant le volant de sa Clio, qui reprenant le cours de sa vie à peine bousculé...

Bruno arriva au commissariat une demi-heure plus tard. Il fit une entrée spectaculaire, réclamant à cor et à cri de voir son frère. La revendication qui aurait consisté à exiger sa libération immédiate n'aurait été ni justifiée, ni productive. Il le savait. Un agent grognon lui expliqua que Tiago était en garde à vue pour opposition à la force publique et outrage à agent. Evidemment, il n'y avait rien à redire là-dessus. Il avait vu la scène et n'avait même pas trouvé le temps de s'attarder sur la suite des évènements. La question était plutôt de savoir combien de temps Tiago resterait-il en prison ?

Il fut désigné à Bruno un siège où on lui demanda de patienter en attendant d'envisager la suite des opérations. Une heure s'écoula, durant laquelle il put réaliser l'extraordinaire bouleversement qui venait de se dérouler. Tiago avait réagi, il avait bougé, hurlé, ressenti quelque chose. Autant de paliers qu'il avait prévu de passer un par un, progressivement, au fil du temps. « Un but, une motivation nécessaire pour se bouger ». Ainsi, cette condition sine qua non du rétablissement de son frère était bel et bien inhérente à sa nature propre. Bruno avait cherché à trouver une passion, une occupation à son frère. Il suffisait en fait de réveiller ce qu'il avait de plus profondément ancré en lui : son dégoût pour l'injustice. Au milieu du commissariat où son frère croupissait dans une geôle, assis sur une pauvre chaise où ni café, ni magazine ne lui auraient permis de patienter, Bruno, pour la première fois depuis un an, sourit à la pensée de son frère. Il se trouva finalement bien ridicule avec ses idées de poterie et de badminton. Une interpellation musclée, voilà ce dont son frère avait eu besoin. Et il était désormais réveillé. Pourvu que ce soit pour de bon.

A quelques mètres de là, Tiago gisait, allongé sur une banquette minable. Les effluves d'urine, d'excréments et de sueur lui firent penser à tort que, finalement, les prisons mexicaines ont au moins le soleil pour elles. A ses pieds, sur le sol à la propreté plus que négligeable, l'homme qu'il avait tenté de sauver était vautré, inconscient. A aucune seconde Tiago ne se demanda s'il avait eu raison d'intervenir. Sa nature profonde, encore une fois. Il était né comme cela, il avait vécu comme cela et il n'avait jamais émis le moindre doute quant à la justice de ses principes. Exténué, blessé, groggy, allongé dans une cellule dont il ne sortirait probablement pas avant, au moins, quelques jours, il se sentit revivre et se répéta une chose, une chose fondamentale : un combat justement mené n'est jamais inutile. Et quand bien même la liberté de cet homme qui gisait en face de lui n'avait pu être sauvée, peut-être avait-il réveillé une ou deux consciences par son intervention. « La vie, la vie seule compte, l'humanité seule compte ». Sa pensée évolua, progressa et s'acheva en quelques fulgurances retrouvées. Son alpha et son oméga étaient passées, passaient et passeraient à l'avenir par là. Il y était résolu et comprit enfin comment mettre en adéquation une nécessaire plénitude morale, un absolu besoin d'utilité et la création d'un objectif lui permettant de retrouver, sinon le goût, du moins la volonté de la vie. Il était 18 heures, ce mardi, et Tiago redevint Tiago, allongé dans une cellule quelconque d'un commissariat quelconque d'une ville quelconque.

Cela faisait désormais plus de deux heures que Bruno végétait sur son banc. Son dos commençait, doucement mais sûrement, à le faire souffrir. Il avait épuisé tous les jeux disponibles sur son téléphone portable et la réceptionniste du commissariat avait clairement montré son ras-le-bol face à ses questions après à peine une demi-heure. Tout ce qu'il lui restait à faire se résumait en un clin d'œil : penser à son frère, se réjouir et s'inquiéter.

« Monsieur Santos ?

Bruno ne s'était pas même rendu compte qu'il était allongé par terre, noyé dans ses pensées et tournant le dos à l'homme qui venait de s'adresser à lui.

- Oui… Oui, c'est moi…

- Je suis le lieutenant Le Donec. Votre frère est donc gardé à vue pour différents chefs d'accusation.

- Je sais, oui. Vous savez quand il pourra sortir, à peu près ?

- Il sera présenté au juge demain matin. Il sera décidé s'il sera remis en liberté ou non en attendant son jugement définitif. Après, en revanche, je ne peux rien vous certifier.

- Et il risque quoi pour ce qu'il a fait ?

- Euh… Eh bien, au maximum, je suppose qu'il encore jusque deux ans de prison. Mais, à mon avis, au vu de ses antécédents psychiatriques et de son casier judiciaire vierge, on se dirige plus vers du sursis.

Bruno demeura sonné quelques secondes, le temps d'accuser le coup. Le policier avait beau avoir été tout ce qu'il y avait de plus cordial et d'aimable, il lui avait fait miroiter l'image de son frère convalescent pourrir dans une cellule pendant deux ans.

- D'accord. Merci. Je reviendrai demain matin. »

Il avait prononcé ces mots presque machinalement. Il tourna les talons, sortit du commissariat et rentra chez lui. Soirée pénible, film pourri, idées noires et sommeil troublé…

Tiago fredonnait un air connu des Rolling Stones, la tête appuyée sur le mur de sa cellule, lorsque son compagnon de galère se réveilla. Manifestement groggy, ce dernier peina à se relever et ne sembla pas reconnaître Tiago.

« Vous êtes qui ? Je suis où là ?

Malgré son fort accent, il ne faisait avait aucun doute que le français était sa langue maternelle.

- Tu es en taule mon pote. Et, a priori, ce n'est pas ce qui t'attend de pire !

La réponse de Tiago, toute désinvolte qu'elle fût, était cordiale et accompagnée d'un sourire. L'homme qui lui faisait face le dévisagea et l'examina sous toutes les coutures. La scène cocasse dura quelques longues secondes jusqu'à l'illumination finale de l'observateur.

- C'est toi ! C'est toi celui qui a voulu m'aider ! C'est toi qui t'es mis entre la police et moi.

Tiago se contenta de sourire. Il n'en tirait pas de fierté particulière mais le contraste entre la soudaine euphorie de son interlocuteur et sa méfiance préalable avait quelque chose de rafraîchissant.

- Merci beaucoup. Je suis désolé que tu aies pris des coups pour moi. Comment tu t'appelles ?

- Tiago. Tiago Santos. Enchanté. Et toi ?

- Boubacar Imoudja. Ravi de te connaître, Tiago.

Les deux compagnons de cellule se serrèrent chaleureusement la main et se regardèrent droit dans les yeux avec un franc sourire. L'espace d'un court instant, toute la cordialité et tout l'humanisme du monde prirent corps dans une cellule de prison, sous les traits de deux présumés coupables et futurs condamnés.

- Tu viens d'où, Boubacar ?

- Du Niger.

- Et ça fait longtemps que tu vis en France ?

- Trois ans. Et ce n'ont pas été de belles années.

- Ça ne m'étonne pas. Tu venais chercher du travail parce qu'on t'a raconté que tout était beau et gratuit ici ?

- Non, pas vraiment. Je suis venu parce que je ne pouvais pas rester chez moi.

- Ah. Pourquoi ?

L'homme changea de position et prit une profonde inspiration.

- Je viens d'un endroit qui s'appelle Imouraren. C'est plutôt joli. J'y ai grandi avec mes frères et sœurs. C'était un des seuls endroits dans le pays où on pouvait vivre normalement. Mais, depuis quelques temps, les gens d'ici, la France, se sont installés à Imouraren. Ils ont chassé tous les habitants qu'ils n'ont pas engagés pour travailler pour eux. Moi, ils ne m'ont pas engagé. Je n'avais plus d'argent, plus de travail. C'est pour ça que je suis venu ici.

Tiago étouffa un rire sincère.

- Ah merde, désolé Boubacar. On t'a mal renseigné sur ce pays. Tu vois, les étrangers, ici, ne sont pas les bienvenus. Nos hommes politiques avaient besoin de boucs émissaires, comme de tous temps. Et comme assez souvent, en ce moment, c'est vous.

- Je sais. J'avais seulement pensé que, si mon pays donnait toutes ses richesses au tien, peut-être que je pourrais, moi, honnêtement gagner ma vie ici. Tu sais, je n'ai jamais demandé la charité. Je n'ai jamais mendié. J'ai cherché du travail. J'en ai trouvé un peu. Je vivais dans la rue, je ne dérangeais personne. Et puis, un jour, la police m'a attrapé et, pour être honnête, je ne sais toujours pas pourquoi.

- Tu vas être expulsé. Ils vont t'envoyer dans un endroit qui s'appelle un centre de rétention et ils vont te renvoyer au Niger. Je suis désolé.

Boubacar ne laissa pas transparaître la moindre émotion à cette annonce. Au fond de lui, il l'avait toujours su. Il avait simplement gardé le fol espoir des pauvres, celui qui, comme le dit la sentence, fait vivre. Tiago n'avait rien changé : Boubacar était condamné.

- Eh bien, puisqu'on est là, autant faire connaissance. »

Tiago demeura coi devant tant de résilience. Cet homme, qui venait d'apprendre qu'il allait retourner dans le pays qu'il avait mis tant d'énergie à quitter, trouvait en lui suffisamment d'humanité pour aller vers son prochain et essayer de la connaître. Il y avait dans ce seul acte tant de décalage par rapport à tout ce que Tiago avait vécu jusque-là que les larmes lui montèrent.

Ainsi, donc, deux hommes passèrent une nuit entière à « faire connaissance ». Tout y passa : la tentative de suicide de l'un, la traversée de la Méditerranée de l'autre, les mois en hôpital psychiatrique de celui-ci, les patrons exploitant la main-d'œuvre sans-papiers de celui-là, Anne, Imouraren… Aucun n'ignorait le funeste destin qui l'attendait, prison et expulsion. Mais chacun avait trouvé, ce soir-là, dans cette cellule absolument banale, ce qu'il cherchait : un peu d'humanité dans un pays qu'il aurait dû haïr pour l'un, une vision du monde en accord avec ce qu'il avait de plus profond en lui pour l'autre. Et, comme par magie, comme par enchantement, l'alchimie opéra. Boubacar et Tiago s'étaient trouvés et rien ne serait plus jamais pareil pour le second.

Le lendemain matin, lorsque les policiers vinrent les chercher, les résolutions étaient prises. Ils ne se reverraient sans doute jamais, mais ils avaient décidé, ensemble, de poursuivre leurs rêves et leurs principes jusqu'au bout. Et qu'importe si Boubacar fut, effectivement, envoyé en centre de rétention puis expulsé vers le Niger, qu'importe si Tiago fut laissé libre jusqu'à son procès. Le premier tenterait encore et toujours de trouver le bonheur d'une vie décente, en Europe ou ailleurs, et le second userait de tout ce que le désespoir de la vie ne lui avait pas enlevé pour donner corps à ses idées en aidant son prochain. Et il savait parfaitement où il y parviendrait le mieux.

« Au Niger ». Le géant barbu murmura ces mots presque malgré lui. Tiago l'observa en souriant et hocha la tête en signe d'acquiescement. Il regarda sa montre : 19 heures 45.

« Voilà toute l'histoire.

- Toute l'histoire ? Mais j'ai des questions à te poser, moi.

- Lesquelles ?

- Et bien, pour commencer, comment ça s'est terminé pour Boubacar ?

- Je n'en sais rien ! J'ai été emmené au tribunal avant lui et, quand je suis revenu au commissariat chercher mes affaires, il n'était plus là. J'ai demandé où ils l'avaient transféré et on n'a pas voulu me répondre. D'un côté, ça me rassure de voir les flics aussi mal à l'aise avec le phénomène des expulsions. Ça confirme bien qu'il y a quelque chose de contre nature là-dedans.

- Tu n'as jamais cherché à en savoir plus sur lui ?

- Pas vraiment. J'ai l'impression de savoir ce qu'il y a à savoir. Il n'a jamais été marié. Ses frères et sœurs ont été dispersés ici et là, certains travaillant même sur le site d'Imouraren. Lui est resté deux ans en France, pas plus. Maintenant, je suppose qu'il a dû être expulsé.

- Et ton frère ? Tu ne m'as pas dit ce qu'il est devenu.

Tiago était mal à l'aise avec cette question. Il baissa légèrement la tête et s'exprima plus lentement, plus bassement, comme s'il s'agissait d'un sujet tabou.

- Mon frère… Je ne saurais pas trop te dire. Bruno s'est très bien occupé de moi, je n'en serais pas là sans lui. Il a montré une vraie dévotion de frère à mon égard mais il ne me comprenait pas. Disons, en tout cas, qu'il ne me comprenait pas *suffisamment* pour admettre ce que j'allais faire. Pour le reste, je ne sais pas ce qu'il devient…

- Comment cela ? Tu l'as revu quand pour la dernière fois ?

- Précisément… Je ne l'ai pas revu.

Bien qu'il eût l'air touché une fois le long récit de Tiago achevé, son interlocuteur n'avait jamais montré le moindre signe de surprise, de tristesse, de compassion. Juste un intérêt et une curiosité légitimes. Du moins, jusque cette dernière phrase. Cela amusa Tiago de le voir totalement bouche bée.

- Tu ne l'as jamais revu ?

- Non, jamais.

- Mais comment c'est possible ? Il n'est pas venu te voir au tribunal, il n'est pas venu te chercher à ta sortie du commissariat ?

- J'ai été présenté au juge dans un bureau interdit au public, évidemment. Ensuite, je suis sorti par-derrière et j'ai filé chercher mes affaires au commissariat. Bruno devait toujours m'attendre au tribunal lorsque je suis rentré chez lui prendre des vêtements et un peu d'argent. Je lui ai écrit une lettre et je suis parti.

- Parti où ?

- Ici même.

- Comment ça ? Ça s'est passé quand tout ça ?

- Avant-hier soir. Je suis parti directement de chez Bruno à l'aéroport.

Pour la deuxième fois, l'homme resta interloqué.

- Et ton procès ?

- Il a lieu dans un mois. »

Tiago souriait tristement. Au fond de lui, il n'était pas fier de ce qu'il avait fait à Bruno mais il avait résolu que sa vie ne servirait plus qu'à aider les nécessiteux. Et, toutes proportions gardées, Bruno n'en était pas un. Lui n'avait besoin de rien de particulier, ni d'urgent. Tiago ne pouvait plus attendre et il voulait, par-dessus tout, profiter de l'élan de son réveil et de sa rencontre avec Boubacar.

Face à lui, le grizzly semblait désemparé. Il avait manifestement des millions de questions à lui poser, mais ne savait pas par où commencer. Qui le saurait ? Il n'avait ni les moyens, ni la véritable envie de comprendre quel mal-être, quel désespoir peut bien mener à une telle radicalité dans l'action. Il se mit à regretter d'avoir entamé cette discussion puisqu'il se trouvait, désormais, face à quelque chose qu'il ne pouvait pas saisir. Pendant quelques instants, il ne put que murmurer des bribes de pensées et formuler des débuts de questions.

« Mais comment…

- Je ne te demande pas de me comprendre. Tu as voulu savoir pourquoi j'allais à Niamey, et tu le sais.

- Mon ami, je dois t'avouer que tu m'as bien chamboulé. Je ne sais pas si la moitié de tout ça est vrai, mais c'est une histoire fascinante.

L'homme s'étira pesamment et se leva. Il se dirigeait vers son précédent siège, bien décidé à chasser de son esprit l'absolue incohérence que représentait, à ses yeux, la discussion qu'il venait d'avoir, lorsque Tiago le rappela.

> - J'ai rempli ma part du contrat. A ton tour, maintenant. Tu t'appelles comment ? Et pourquoi vas-tu au Niger ?

Le barbu marqua un temps et répondit, par-dessus son épaule, avec désinvolture.

> - Je m'appelle Jean. Je suis en vacances. »

Durant les quelques minutes qui suivirent, Tiago se demanda s'il n'en avait pas trop fait. Non que le contenu de son histoire ait comporté des parties mensongères. Au contraire, son récit n'était que trop vrai. Mais avait-il besoin de tout confier à un parfait inconnu ? Après tout, ses démons et son impulsivité de circonstance ne concernaient que lui, non ? Ce cas de conscience occupa Tiago quelques minutes, puis son estomac se fit sentencieux. La faim le tiraillait depuis un moment mais elle avait, à cet instant, atteint des sommets. Sans doute le fait que les deux bonnes sœurs et le couple de retraités dégustent un semblant de sandwich à côté de lui. Il se leva péniblement et, une fois dressé sur ses deux jambes maigrichonnes, s'étira et prit la direction du très douteux snack enfourné dans un couloir adjacent. Rien d'appétissant n'attira son regard sur place, mais il fallait bien s'y résoudre : ce serait ça ou rien.

Son esprit était occupé à évaluer ce qui, de leur chétivité ou de leur répugnante apparence, caractérisait le mieux les casse-croûtes disposés devant lui, lorsqu'il aperçut, du coin de l'œil, la « working girl » entrevue plus tôt. Laquelle ne semblait pas plus enthousiaste que lui. Elle sentit son regard posé sur elle et lui fit soudainement face. Il lui sourit amicalement et ressentit comme un drôle de sentiment. Entre une certaine forme de nostalgie et goût de déjà-vu. Elle murmura un timide bonjour et se reconcentra sur son futur dîner. Tiago, lui, ne décolla pas ses yeux d'elle. Il avait senti quelque chose, perçu une atmosphère, qui le rendait sûr de lui : il connaissait cette femme, il l'avait déjà vu. Mais où…

Il réalisa son inconvenance et finit par la quitter des yeux, gêné. Il fit semblant de se concentrer sur l'étalage, mais en réalité son esprit était obsédé par la jeune femme. Stefan Zweig et son joueur d'échecs ont démontré les vertus de l'ennui, et son étrange effet secondaire. Enfermez quelqu'un dans une pièce vide et vous obtiendrez ce que vous voudrez de lui passés quelques jours. Donnez-lui un centre d'intérêt unique, vous ferez de lui un monomaniaque. Tiago venait de trouver son livre d'échecs et n'avait strictement rien d'autre à faire que d'essayer de se souvenir. Où l'avait-il aperçue ? A la télé ? Dans la rue ? Sa beauté rendait plausible l'hypothèse qu'il l'ait simplement remarquée dans un supermarché quelconque. Et compliquait forcément la donne. Il venait de se décider pour un sandwich au truc assorti d'une sauce au machin, lorsque la rageante inconnue passa à côté de lui et lui souhaita « bon appétit ». Son ton neutre et terne cachait une pointe d'ironie, étant données les circonstances. Mais cette voix… Cette voix… La fulgurante madeleine de Proust s'empara de l'esprit de Tiago. Tout remonta, tout réapparut et il fit une brusque volte-face pour la regarder marcher vers son siège.

Les larmes lui montèrent aux yeux, ses mains tremblèrent, son souffle se fit court. Il se lança derrière elle et l'appela.

« Marie !

La jeune femme s'arrêta, tourna les talons et le dévisagea. Quelques secondes. Elle fit un effort, mais cela ne lui revint pas.

- Marie… C'est moi… Tiago !

Elle ouvrit grand les yeux et plaça une main devant sa bouche, dans un geste d'émotion.

- Mon Dieu… Mais bien sûr… Tiago ! »

2- Marie

Elle regarda sa montre. 18 heures 17. Et plus un magazine à lire. La correspondance devait partir à 21 heures 15 mais elle connaissait suffisamment les us et coutumes locaux pour savoir que son temps d'attente serait sans doute supérieur. Parfaitement disposée à ne pas se laisser gagner par l'ennui, elle s'étira félinement et se remit à tapoter nerveusement son attaché-case. Elle n'était pas particulièrement nerveuse mais il s'agissait d'un de ces petits tics de businessmen en manque d'action, ou d'autre chose.

Ce hall d'aéroport ne lui inspirait absolument rien. Elle en avait vu d'autres, et de bien pires sous tous rapports. L'oppression des peuples, le droit des femmes, les régimes totalitaires étaient autant de sujets sur lesquels sa conscience ne tiquait pas outre mesure. A dire vrai, elle ne voyait dans le désordre du monde qu'une série d'opportunités. Elle avait résolu depuis bien longtemps que si elle ne se jetait pas sur l'argent tiré des exploitations diverses et variées, un autre le ferait. Autant donc lorgner sur le gâteau à son tour. Philosophie cynique s'il est en mais d'une redoutable efficacité si l'on en juge par le seul et unique critère de jugement qui compte : Marie était heureuse. Et ce n'étaient ni les photos immenses et grotesques de Kadhafi, ni quelques heures d'attente dans un aéroport miteux qui changeraient cet état de fait. Elle était calme, résolue et à peine impatiente. Jusque-là, ce déplacement en valait bien un autre.

C'était son deuxième voyage seulement vers le Niger. Son baptême du feu remontait à six ans déjà. C'était avec Franck déjà. Et ça s'était mal fini. Déjà.

Marie venait de finir ses études avec un succès quasiment médiatique. Depuis près d'une dizaine d'années, personne n'avait conclu son cursus avec plus de promesses qu'elle. Le monde lui ouvrait les bras et d'aucuns lui prédisaient un avenir doré, puissant, glorieux. Le monde industriel a ceci de pratique qu'on y est relativement immunisé. A l'exception de quelques grands patrons trop maladroits dans leur communication et dénués de bon sens, peu se faisaient taper sur les doigts par le milieu politico-médiatique.

Marie en avait conscience et elle s'était donnée jusqu'à ses 40 ans pour prendre la tête d'un grand groupe. Et pourquoi pas celui qui venait de la convaincre de le rejoindre, lui-même dirigé par une femme à l'époque : Areva, le géant du nucléaire.

Les recruteurs lui avaient tous sorti le grand jeu. Dîners dans les meilleurs restaurants, tours en hélicoptère, golf, etc. Marie avait toujours trouvé parfaitement grotesque le fait d'être sensible à ce genre d'arguments. Elle était ambitieuse et ne voyait dans les tentatives bling-bling de persuasion qu'une manière de combler un vide ou une défaillance. Elle avait donc pris le parti très tôt de ne s'intéresser qu'à deux choses : la taille du groupe et les perspectives de carrière. Le domaine d'activité importait moyennement, tout juste s'était-elle fixé une limite quant aux polémiques susceptibles d'émaner des activités diverses du groupe. Exit donc Total et le flou birman, exit Nike et les employés mineurs, elle ne voulait aucune vague et aucun point noir sur sa carte de visite. Elle aurait tout le temps de s'excuser quand elle serait aux affaires.

Elle avait donc été immédiatement séduite par l'offre d'Areva. Pas de dorures, pas de ski nautique ni de séminaire aux Bahamas. Le bureau de la patronne et la présence du responsable Afrique. Point. Et une discussion avec pour seule fantaisie un verre gracieusement offert par la puissante présidente directrice générale. Absolument déterminée, totalement conquise par le sérieux de l'entretien, elle n'avait cependant pas pu s'empêcher de remarquer l'élégance et le charme de l'homme se tenant debout, discrètement, dans un coin de la pièce. Franck... Elle avait été touchée dès la première poignée de main. Il était relativement petit, extrêmement cordial, bien habillé, séduisant, drôle. Un homme selon son cœur. Naturellement, cela n'avait pas déterminé son choix, mais elle avait incontestablement vu en lui un petit bonus à aborder en temps et en heure.

Quelques jours plus tard, elle donnait une réponse favorable à une proposition qui ferait d'elle l'une des directrices adjointes du département Afrique d'Areva à 25 ans, moyennant un salaire stratosphé-rique, un bureau à couper le souffle et un patron pré-nommé Franck. Elle s'était tout de même laissée aller à envisager que de travailler à ses côtés puisse consti-tuer un problème. Elle avait toujours eu du succès avec les hommes et se doutait que son attirance pour lui pourrait être réciproque tôt ou tard. Et que cela interférerait dans leur travail.

Les premiers jours furent exceptionnels. L'en-semble de ses collègues avait entendu parler d'elle mais ni jalousie, ni piédestal n'avaient corrompu la première approche. Sans se laisser aller à penser que tout se passait comme prévu, Marie savourait cet état de grâce en gardant à l'esprit qu'il ne durerait qu'un temps. Elle était là avant tout pour travailler mais elle avait eu tout loisir de constater qu'une première em-bauche entraîne une succession affolante de pensées, d'anticipations et d'angoisses, sans que très peu d'entre elles aient un quelconque lien avec le travail en tant que tel. Quel appartement ? Quels horaires ? Quel code vestimentaire ? Quelle paie ? Quelle liber-té ? Quels congés ? Autant de doutes et de craintes qui éloignent le sujet de la préoccupation qui devrait être la sienne : le travail. Car, enfin, à considérer que l'on travaille et dorme huit heures par jour, la vie profes-sionnelle représente la moitié de notre temps conscient. Minimum. Et pourtant, le primo embauché aura systématiquement tendance à envisager la conséquence et l'argent infiniment plus que la cause et le quotidien travaillé.

Marie, elle, était bien trop maline, bien trop ambitieuse, bien trop concernée pour l'oublier. Rien n'aurait su la détourner de son objectif principal de réussite professionnelle et ses divers talents lui avaient toujours permis de concilier ce but avec une certaine liberté d'action et de vie sociale. Elle s'était préparée à ce que cela change. Elle avait raison.

Trois mois avaient passé et son état de grâce s'était évaporé aussi vite qu'en politique. Mais là où un élu se heurte à une traditionnelle et compréhensible déception populaire, Marie n'avait rien perdu de sa cote auprès de ses collègues. Le mur qu'elle avait frappé de plein fouet était celui de ses capacités. Elle qui avait toujours survolé les challenges qui lui étaient proposés réalisait à petit feu que tout n'était peut-être pas toujours facile. Elle voyait ses alter ego réaliser en toute décontraction et en deux heures ce qu'elle parvenait tout juste à boucler, stressée, en deux jours. Ces trois mois de travail s'étaient écoulés avec une telle douceur, une telle méticulosité, qu'elle ne réalisa le contraste entre ses débuts et son présent qu'à la faveur d'une rentrée tardive en taxi. Trois mois, c'est ce qu'il avait fallu à la surdouée Marie, à la parfaite et inoxydable Marie pour réaliser que tous les talents du monde ne suffisent pas à remplacer la qualité essentielle que l'on exige d'une personne dans sa branche : l'expérience.

Ainsi, un jeudi quelconque, Franck entra dans son bureau. Il était relativement tard et ce dernier n'eut aucune peine à distinguer le harassement chez la plus jeune de ses adjointes. Il esquissa un léger sourire car il n'avait que trop vu cette scène. Il connaissait le prix à payer pour avoir lui-même traversé ce désert-ci, mais il demeurait toujours un rien admiratif de ces jeunes diplômés aux dents longues. Ils en bavaient car ils en voulaient. Et plus ils en voulaient, plus ils en bavaient. C'était la loi du milieu et Franck savait combien ce passage était odieux, mais nécessaire.

« Bonsoir Marie.

Surprise, chancelante, la jeune femme peina à trouver la réponse pourtant simple à cette approche.

- Bon... Bonsoir monsieur Grange.

- J'aimerais te parler Marie. Pourrais-tu me rejoindre dans mon bureau dans dix minutes ?

- Oui, oui monsieur Grange. »

Elle s'efforça de sourire en prononçant ces derniers mots. Un air aimable n'avait jamais nui à quelque dessein que ce soit, et elle pressentait que la chance ne lui serait pas inutile. Car il y avait quelque chose d'un « il faut qu'on parle » du couple en bout de course dans ce que Franck venait de lui annoncer, quelque chose d'un « il faut que tu sois fort » amorçant un coup de téléphone. Elle tenta, au cours des quelques minutes de répit dont elle disposait, d'évaluer les raisons pour lesquelles elle pouvait être convoquée chez son supérieur.

Le fait était avéré : elle peinait dans ses fonctions. Non que le travail ne fût pas fait ou mal fait, mais elle n'avait que 25 ans et plus d'une dizaine de personnes sous son autorité. Or elle ne dégageait pas cette sérénité nécessaire, ni cette force naturelle qui pousse les gens à travailler pour vous. Elle n'avait pas confiance en ses capacités, se sentait friable et les regards de ses collègues ne faisaient que transformer ce sentiment initial en cercle vicieux de la perte de pieds. Tout bien réfléchi, Marie ne voyait pas comment son entrevue pouvait ne pas avoir un rapport avec cette faiblesse impardonnable dans un tel milieu de requin. Si elle voyait juste, deux issues s'offraient à elle : ou Franck Grange la sommerait de se ressaisir, de prendre le taureau par les cornes et « de se défoncer un peu plus » (ce ne semblait pas être le genre de la maison), ou elle serait purement et simplement renvoyée, comme son contrat autorisait encore son supérieur à le faire sans indemnité aucune. Elle n'avait aucun doute quant à sa capacité à retrouver un emploi, plusieurs grands groupes continuant encore et toujours de lui faire des avances. Mais elle ne voulait pas se retrouver en situation d'échec pour sa première expérience. Elle ne le tolérerait pas. Elle ne le supporterait pas.

Vingt heures venaient de sonner sur la minuterie électronique de son Mac. D'un pas décidé, elle se lança à la conquête du bureau de Franck Grange, ce possible fossoyeur de sa destinée chez Areva. Elle ne lui en voudrait pas, mais tenait à bien garder en mémoire chaque personne qui ne lui aurait pas facilité la tâche dans son inéluctable future conquête du monde. Remontée comme une pendule, déterminée comme jamais, elle explosa la porte de son supérieur de trois coups secs. « Entrez », s'entendit-elle répondre, d'un ton neutre, voire occupé. Franck Grange était penché sur quelques dossiers, l'air soucieux mais, lorsque Marie pénétra dans son bien trop grand bureau, il afficha un visage bien plus jovial, presque amical, qui, loin de rassurer son adjointe, la plongea dans une profonde inquiétude.

> « Marie, entre donc, assieds-toi. Tu veux quelque chose à boire ?

Marie fut tellement troublée de cette soudaine sympathie qu'elle refusa un whisky hors de prix gracieusement proposé. Boisson dont elle raffolait pourtant, et dont une larme ne l'aurait pas tuée, étant donné les circonstances.

> - Ma chère Marie, je voulais m'entretenir avec toi pour faire un point sur tes premiers mois ici mais aussi pour te...

Franck marqua un temps, sembla réfléchir et laissa sa phrase en suspens.

> - Tu es parmi nous depuis trois mois, Marie. Comment tu te sens ?

- Et bien, pour être honnête M. Grange…

- Franck, s'il te plaît !

- F… Franck… Pour être honnête, je suis un peu partagée.

Franck sembla amusé du choix de ce terme. Il accordait une sacro-sainte importance aux mots et estimait, sans doute à raison, qu'en privilégier un à un autre avait toujours un sens. Encore fallait-il décrypter lequel.

- Partagée. Et pourquoi donc ?

- A vrai dire, je me sens très bien ici. J'aime ce que je fais, je suis passionnée par mon travail…

- Mais ?

- Mais je n'ai pas le sentiment de bien le faire.

Franck apparut sincèrement surpris de ce dernier aveu.

- Mais qu'est-ce qui te fait dire ça ?

Marie hésita un moment. Allait-elle répondre honnêtement ou considérer cet entretien informel comme un test visant à évaluer sa capacité à survivre en milieu hostile ? Cette réflexion intense, associée à la parfaite courtoisie de Franck et à sa fatigue du moment, la poussa à jouer carte sur table.

- Je ne suis pas dans les temps, je suis toujours en retard et ça joue sur ma confiance.

Je ne me sens pas à l'aise dans le rôle de supérieure. Je vois bien que je n'inspire la confiance et la sérénité à personne. J'ai l'impression constante que n'importe qui ferait aussi bien que moi, voire mieux. Et, pour être honnête – au point où j'en suis, j'imagine que ça ne fait plus grande différence – c'est la première fois de ma vie que je suis dans une situation de quasi-échec. C'est horrible, j'en ai marre de ne pas me sentir à la hauteur !

Ce soudain accès de franchise provoqua un début de nausée chez Marie. La solide Marie, la parfaite Marie venait de s'effondrer face à un sourire charmeur, un peu de fatigue et une première difficulté. Elle en resta patraque quelques instants, avant de lever les yeux vers Franck, lequel sirotait son whisky, parfaitement détendu, un sourire insolent tiré au coin de sa bouche.

- Tu es sûre que tu ne veux pas un whisky ?

- Je ne refuserais pas une petite goutte…

Tandis que Franck se dirigeait vers le bar, elle ajouta qu'elle en prendrait bien un double, finalement. Lui rit. Elle rougit.

Il vint se rasseoir, lui tendit son verre et la fixa à nouveau quelques secondes, en prédateur habitué, en vrai faux gentil expérimenté de ce genre de confrontation humaine dont, de toute façon, elle n'aurait jamais pu sortir gagnante. Finalement, il posa son verre, se racla la gorge, croisa ses jambes et s'adressa à elle avec une solennité absolue.

- Marie, cela fait assez longtemps que je fais ce travail. Contrairement à ce que l'on pourrait croire, je ne suis pas un jeune premier travailleur et docile. Pense de moi ce que tu veux, mais je suis bon dans ce que je fais. Je l'ai toujours été. Cette place que j'occupe aujourd'hui, je me la suis vue confiée à 23 ans. Autant dire que des petits génies sortis de grandes écoles, j'en ai vu défiler près d'une trentaine. Tous très prometteurs, tous très intelligents, déterminés. Je vais peser mes mots, Marie. Il y a deux choses dont je suis sûr sur ce sujet précis. La première est qu'aucun de ces jeunes diplômés n'est ressorti d'ici sans avoir pleuré au moins une fois devant moi et ce, sans même que j'aie eu à leur demander quoi que ce soit. Aucun. La deuxième est que ça va faire trois mois que tu es chez nous et que tu n'as toujours pas pleuré. Jusqu'ici, le record était de six semaines. J'en viens donc au véritable sujet de ta venue. Non seulement nous n'avons aucune raison de nous séparer de toi, mais je tenais à te dire, de façon tout à fait officieuse, que tu es de très loin le plus prometteur des éléments que j'ai eus jusqu'ici. Et c'est pour cela que je souhaite t'emmener avec moi lors de mon prochain voyage au Niger, pour que tu te fasses les dents sur le terrain.

Marie repensa furtivement à l'issue qu'elle avait imaginée à cet entretien, puis à ce que Franck venait de lui dire. Elle n'en croyait pas ses oreilles. Tant bien que mal, elle tenta de masquer sa stupeur.

- Mais...

- Allons Marie, ne sois pas bête. Tu sais bien qu'une charge comme celle qui t'as été confiée ne s'apprend ni ne se maîtrise en quelques semaines. Tu es trop intelligente pour ne pas le savoir. Ne laisse pas ton orgueil et ton ambition te bouffer. Tu vaux mieux que ça. Tu m'as montré à l'instant que tu étais capable de sensibilité. Utilise-la.

- Evidemment que je suis capable de sensibilité.

Franck afficha un sourire satisfait. Son argumentaire avait fait mouche et l'avait mené exactement là où il le voulait.

- Alors j'imagine que tu ne refuseras pas mon invitation à dîner...

« Excusez-moi, mademoiselle ?

Marie fut tirée de ses réflexions avec une surprise aussi sincère qu'expressive. La main posée sur son épaule la fit sursauter et le cri qui s'échappa de sa bouche retentit dans tout le hall d'aéroport. Elle inspecta autour d'elle, un peu honteuse et pris quelques secondes pour se tourner vers son briseur de rêves (ou, en l'occurrence, de souvenirs nostalgiques).

L'homme qui lui faisait désormais face était plutôt grand, très costaud et son visage était garni d'une barbe très fournie. Son sourire affable lui conférait une sympathie immédiate que son physique ne rendait pourtant pas évidente de prime abord. Son rire gras, consécutif à l'intense surprise de Marie, rivalisa largement au niveau des décibels avec le cri de la jeune femme, mais le soudain agacement de l'assistance ne semblait lui faire ni chaud, ni froid.

> - Pardonnez-moi, mademoiselle. Je ne voulais vous faire peur.

> - Vous ne m'avez pas fait peur. Je rêvassais, c'est tout. Vous voulez quelque chose ?

Le ton employé par Marie était délibérément direct et sec. Elle ignorait ce que voulait cet homme mais il valait mieux se prémunir contre toute (autre) mauvaise surprise.

> - Rien de bien particulier. On est coincés ici pour quelques heures et après une rapide analyse de notre situation, j'ai estimé que faire connaissance était sans doute le meilleur moyen de passer le temps.

Marie marqua un temps afin de mieux juger cet étrange bonhomme. Il semblait évident que son apparence négligée et aimable ne devait être considérée que pour ce qu'elle est et en aucun cas comme un indice sur sa personne. L'homme semblait intelligent. Mieux valait éviter les conclusions rapides. Marie, de par sa nature, son parcours et sa profession, considérait chaque rapport humain comme une hypocrite lutte, un combat tacite qu'il convenait, sinon de gagner à tout prix, du moins de ne pas perdre. En l'occurrence, ne sachant pas à qui elle s'adressait, elle résolut d'en dire le moins possible sur sa vie en général, et sur sa venue à Niamey en particulier.

- Mettons que je considère ça comme une bonne idée. Vous vous appelez ?

- Martin. Jean Martin.

- Jean Martin... Ben voyons. Et ce ne serait pas un faux nom ça ?

Le bonhomme barbu marqua un temps d'authentique surprise, avant de reprendre son sourire amical.

- Comme vous voulez, les noms n'ont aucune importance pour moi. Mais, dites donc, vous êtes toujours aussi charmante au premier contact ?

Marie se surprit à trouver cet homme tout à fait sympathique et accepta d'infléchir légèrement son attitude.

- Désolé. Je suis dans une branche qui demande beaucoup de méfiance.

- Ah oui ? Et c'est quelle branche ça ?

- Les affaires, en gros.

- Ah oui, méfiance, en effet ! Vous accepterez peut-être de me dire d'où vous êtes originaire, mademoiselle… ?

- Marie. Marie Martin aussi, c'est marrant ça ? Et je viens de Paris, monsieur Martin. Et ça, pour le coup, c'est vrai.

- Je viens de Paris aussi, tiens ? Effectivement, c'est amusant. De quel arrondissement ?

- Le premier.

- Comme c'est drôle, moi aussi !

Marie trouvait cette manière de mettre au grand jour une hypocrisie si ancrée absolument fascinante. L'aisance avec laquelle son interlocuteur surprise brisait une à une toutes les conventions d'usage le rendait admirable. D'abord, il avait créé un contact avec une de ses camarades de vol durant une escale. Cela ne se faisait que très rarement. Ensuite, il lui avait frontalement demandé à elle, manifestement agacée, son nom et d'où elle venait. Cela n'était pas dans les usages. Et, enfin, il avait raillé la manière qu'elle avait eue de lui répondre tout en mensonges et périphrases sans la vexer et même, mieux, en l'amusant. Décidément, songea-t-elle, cet homme était étonnant. Elle leva les yeux vers lui et son sourire immuable, puis pivota les épaules pour lui faire complètement face.

> \- Je m'appelle Marie Poltzig, et j'habite vraiment Paris 1er. Je me rends à Niamey pour voyage d'affaires, pour le compte de la compagnie qui m'embauche.

> \- Ravi, Marie Poltzig. Je m'appelle vraiment Jean Martin, j'habite vraiment Paris 1er et je suis en vacances.

Marie sourit mécaniquement. Il ne jouait pas le jeu. Néanmoins, elle prit le parti de ne plus trop se méfier et de se contenter des précautions d'usage : ne pas parler travail, ne pas évoquer sa vie privée, ne pas préciser les motifs de son voyage. Pour le reste, elle voyait bien que son interlocuteur n'était pas là pour parler de lui. Elle se contenta donc de donner le change.

> \- Vous êtes en vacances, d'accord, mais quel est votre métier ?

> \- Je suis dans l'import-export. Mais je vous rassure, rien d'illégal. Ni d'amoral.

> \- Je vois.

A l'évocation de son métier, Jean Martin avait semblé, aux yeux de Marie, se raidir et perdre de sa superbe. Elle ne savait pas s'il s'agissait là d'un motif de fâcherie ou d'un point faible à exploiter. Elle n'eut pas le temps de se faire son idée.

- Pardonnez-moi, mademoiselle, mais je dois vous laisser.

- Très bien, monsieur Martin.

- Jean.

- Jean. Très bien, Jean. A plus tard, sans doute.

- Sans doute… »

Ces derniers mots avaient été prononcés avec une sorte de préoccupation, d'éloignement. Manifestement, son si vif esprit était tourné ailleurs. L'homme s'éloigna distraitement, sous le regard mi-amusé, mi-perplexe de Marie. Elle vit son brillant interlocuteur faire les cent pas pendant quelques minutes avant de prendre la direction d'un autre de ses compagnons de vol. Un jeune homme peu ou prou du même âge qu'elle. Un jeune homme qui lui rappelait quelqu'un, ou quelque chose. L'évocation d'un lointain souvenir. Lointain, mais agréable.

Le bonhomme barbu avait entamé sa conversation avec son jeune camarade, manifestement de la même façon et dans le même but qu'avec elle. Mais cet homme, maigre au point d'en paraître maladif, mal rasé, cheveux en bataille et fringues vieillottes, lui rappelait définitivement quelque chose. Elle résolut que cela lui reviendrait sûrement lorsqu'elle fit le rapprochement avec Franck. Ils n'avaient sans doute pas pu se connaître, eu égard à la différence culturelle qui émanait de leurs personnalités, mais ils avaient la même attitude, le même port.

Une chaleur déroutante émanait de l'asphalte sombre. Des moustiques tournoyaient autour de leurs têtes, les piquant à l'occasion. Marie transpirait à grosses gouttes aux côtés d'un Franck décontracté et frais. Elle le fréquentait depuis quelques mois désormais, mais elle demeurait déconcertée par son aisance en toutes circonstances. Tout en classe, en élégance, en finesse, il parvenait sans mal à convaincre qui que ce soit du bien fondé de ses intentions. Un requin déguisé en agneau.

Ce « voyage initiatique » tenait lieu, à la fois, de découverte locale pour la nouvelle directrice adjointe du département Afrique et d'officialisation pratique de son importance au sein de la compagnie. Un symbole, ou un cadeau, chargé de matérialiser la confiance placée en elle. Marie ne l'ignorait naturellement pas et sa transpiration perpétuelle y était sans doute liée, autant qu'à la chaleur humide.

« Marie, tu es prête ? »

Le sourire charmeur et charmant de Franck accueillit son pivotement de tête et elle ne put s'empêcher de lui rendre la pareille. Depuis cette soirée, ce premier rendez-vous, leur relation avait été parfaitement idyllique et elle se surprenait encore à être touchée par sa simple présence. Marie était amoureuse.

Oh, elle ne lui avait pas dit, mais il avait bien dû le comprendre. Une jeune femme si prometteuse, si ambitieuse, n'affiche pas si clairement sa relation avec son supérieur sans avoir une excellente raison de supporter moqueries, mesquineries et bruit de couloirs. Son amour pour Franck en était une. Elle sortit de sa réflexion et prit la main que son collègue, supérieur et amant lui tendait. Ensemble, complices, ils prirent la direction de l'hôtel Terminus, à Niamey, lieu de villégiature de leur premier voyage ensemble à l'étranger. Un voyage d'affaires.

Le lendemain, Marie se réveilla avec une fièvre carabinée. Elle était dans un état de grande faiblesse et il fallut toutes les injonctions de Franck pour qu'elle reste au lit. La grande réunion de travail avait lieu dans la soirée et sans doute se sentirait-elle mieux d'ici là. Elle passa la journée à dormir et à laisser redescendre la fièvre au rythme de l'hypnotisante musique diffusée par les haut-parleurs.

Aux alentours de 19 heures, Marie trouva suffisamment de ressources pour envisager d'être présente à la réunion de travail. Franck ne l'avait pas contactée de la journée et, au fond, elle en ressentait une certaine angoisse. S'efforçant de se sortir ces pensées de la tête, elle prit une de ces divines douches dictées par la nécessité, s'habilla et descendit dans la salle censée accueillir les envoyés du pôle Afrique d'Areva et leurs homologues représentants les droits des sites détenus ou visés par le géant du nucléaire. Légèrement embarrassée et extrêmement faible, Marie poussa la porte en prévoyant de s'excuser sèchement, mais tomba nez à nez avec une splendide salle de réunion absolument vide. Le rendez-vous avait pourtant été donné à 18 heures 30… Soudain inquiétée par une quelconque arrière-pensée indéfinie, elle se rendit à la réception de l'hôtel, laquelle avait, elle aussi, noté la réunion dans cette salle précise à 18 heures 30. De plus en plus anxieuse, Marie résolut de prendre son mal en patience et de se revigorer à l'aide d'un bon thé. Les canapés extra-moelleux du bar de l'établissement lui permettraient, en outre, de reposer sa carcasse fatiguée par la fièvre et lassée par le trop-plein de repos. Et, de fait, les vapeurs de menthe associées au confort du cuir la plongèrent dans un nouveau sommeil. Un sommeil sans rêve, réparateur, bienfaiteur.

Des éclats de rires réveillèrent Marie en sursaut. Paniquée par le manque de contrôle de son corps et par les quelques secondes nécessaires à la prise de conscience de sa situation géographique, elle ne localisa pas tout de suite la provenance de ce rire. Ce rire qu'elle connaissait, ce rire qu'elle avait appris à tant aimer, ce rire bruyant mais élégant, gras mais raffiné. Le rire de Franck. Revigorée par son heure de sommeil, elle se dressa sur ses jambes flageolantes et entreprit d'en trouver la source. Un très rapide tour d'horizon lui permit de réaliser qu'en effet, elle était bel et bien seule dans le bar.

De nouveau le rire. Inexplicablement prise de panique, elle se dirigea vers l'espace d'où émanait le son et découvrit, discrètement disposée à l'interstice de deux meubles, une petite poignée. Cela n'avait rien d'une entrée secrète mais, de toute évidence, ce n'était pas explicitement indiqué non plus. Une salle à l'abri des regards, des suspicions et des questions. Marie poussa la poignée et fit glisser le meuble garni de verres splendides, une salle d'une trentaine de mètres carrés apparaissant devant elle.

Le tableau auquel elle faisait face n'avait rien d'une réunion de travail conventionnelle. L'ambiance y était musicale. Quelques danseuses légèrement mais tout de même vêtues s'agitaient ici et là. Une petite dizaine d'hommes était réunie, vautrée dans des canapés en agréable compagnie pour certains, attablés un rien plus sérieusement pour d'autres. Mais tous avaient cela en commun d'avoir un verre à la main. En fait de réunion de travail, Marie assistait, bien malgré elle, à quelque chose comme une soirée décadente. Tout ceci n'aurait strictement rien de choquant sans cet aspect si secret. Et c'est précisément cela que Marie entendait reprocher à Franck, attablé dos à elle, trinquant et blaguant avec un homme qu'elle connaissait pour l'avoir vu plusieurs fois en photos : le premier ministre du Niger.

« Franck ? Mais… Qu'est-ce que tu fais ?

Elle fut elle-même surprise par la faiblesse de sa voix. Mais la conviction et la puissance du ton employé démontraient clairement avec quel sérieux elle entendait traiter la question. Franck sursauta et se contenta de pivoter la tête pour lui répondre, visiblement abasourdi par sa présence.

- Marie ?

- Oui Marie ! C'est moi, Marie ! Maintenant, dis-moi à quoi vous jouez ! »

Sa dernière question fut ponctuée d'éclats de rires émanant des plus imbibés des convives. Franck ne lui avait toujours pas fait la courtoisie de se retourner pour lui faire face et cela était extrêmement surprenant de sa part. Soupçonnant quelque chose de plus grave encore, elle entreprit de venir elle-même s'expliquer les yeux dans les yeux.

En fait d'yeux, ce sont bien des nattes couleur ébène qui, à mesure qu'elle contournait son supérieur, attirèrent son regard. Celles de la très (trop) jeune femme enfouie entre les jambes de Franck, pratiquant sur lui une fellation énergique. Curieuse ironie car le sexe de l'homme qui venait de lui briser le cœur fut bien la dernière chose que Marie vit avant de s'évanouir.

Sursaut. Sueurs froides. Panique passagère. L'espace d'un instant, Marie se sentit comme à son réveil dans ce bar, à l'hôtel Terminus de Niamey, deux ans auparavant. Mais ce sommeil-ci venait de prendre fin dans un hall de l'aéroport de Tripoli. Dans un bâillement sans élégance aucune, elle consulta l'heure sur son téléphone : 19 heures 27. Elle songea un instant que cette attente pourrait s'avérer interminable et qu'un dîner sur le pouce permettrait de joindre l'utile à l'essentiel. Pas vraiment pressée par le temps, elle prit quelques secondes pour s'étirer et observer les alentours. Le bonhomme barbu discutait toujours avec le spectre mémoriel. Plutôt passionnément, d'ailleurs. A sa droite, une famille africaine regardait passer le temps stoïquement, avec la sagesse tranquille et la patience intouchable de ceux qui ont connu d'autres heures d'attente. Elle demeura fascinée quelques minutes par l'aura qui se dégageait du couple et de ses deux filles, aussi tranquilles que leurs parents. L'ennui ne semblait pas avoir de prise sur eux. Ils paraissaient savoir quelque chose que les autres ignoraient. Comme si l'impatience en cet instant précis se serait révélée coupable. Comme si le fait de seulement attendre en ces circonstances ne s'apparentait pas à une perte de temps vautrée dans l'ennui profond, mais à une forme de calme avant la tempête. Dans un sourire mélancolique, Marie les quitta des yeux sans le vouloir, envieuse et admirative à la fois.

Un bruit de toux attira sa vigilance. Elle se retourna et croisa le regard désolé d'une septuagénaire s'excusant de l'avoir surprise. D'un sourire aimable, elle lui signifia l'évidence et lui rendit sa politesse. Le couple avait, lui aussi, quelque chose de touchant, de par sa proximité complice. Il aurait pu être fraîchement composé ou marié depuis 50 ans, rien n'aurait pu permettre de privilégier une piste plus qu'une autre. Cet amour manifeste heurta Marie au plus profond de son être. Même cette toux répétée et inquiétante n'esquintait pas le tableau. La vieille dame se racla la gorge et regarda tendrement son conjoint.

Marie se racla la gorge et regarda tendrement sa mère. Sans la moindre once d'énergie, elle tenta malgré tout de se redresser mais c'était impossible. Le dossier du lit sur lequel elle reposait était trop raide pour sa faible carcasse. D'un lent coup d'œil, elle observa la pièce. Quatre autres lits y étaient répartis, et une grande baie vitrée laissait rentrer une chaleur torride, envers et contre l'ensemble des ventilateurs disposés pour l'atténuer. Les murs étaient recouverts d'un papier peint marron du plus mauvais effet qui tranchait clairement avec la blancheur immaculée des hôpitaux qu'elle avait fréquenté jusqu'ici. Un seul des autres lits était occupé, par un homme amputé du bras droit et inconscient. L'endroit semblait propre et sérieux, ce qui ne manqua pas de rassurer Marie. A sa droite, installée sur une chaise de fortune, sa mère la fixait, figure inquiète et rassurante, tremblante et digne. Comment diable était-elle arrivée là ? La question ne tarauda Marie qu'une fois éprouvée la satisfaction de la trouver à ses côtés.

« Mam… Maman…

- Chhhhhhut, Marie, ne parle pas, tu es encore trop faible.

La voix était douce, tendre, une madeleine de Proust à usage des enfants surmenés en quête d'un refuge sûr.

- Maman… Je suis… fatiguée…

- Je sais mon ange, je sais. Je t'expliquerai tout quand tu iras mieux, repose-toi maintenant. »

Joséphine Poltzig posa doucement sa main sur les yeux de sa fille et les accompagna dans leur fermeture. Marie, elle, plongea à nouveau dans un sommeil sans rêve alors que les infirmiers refermaient le sac dans lequel ils venaient de ranger l'homme amputé.

Marie se réveilla à nouveau quelques heures plus tard. Elle se sentait mieux. Quelque peu ragaillardie, mais patraque malgré tout. Sa mère était toujours à ses côtés, mais elle dormait à son tour. Marie s'étira pesamment et remarqua qu'elle était désormais la seule pensionnaire de sa chambre. A travers la fenêtre, l'étendue de Niamey s'offrait à elle, ville mystérieuse dont elle n'aura jamais eu le loisir de pénétrer les secrets. Ou, en tous cas, pas ceux qu'elle aurait souhaité découvrir.

« Madame Poltzig ?

Marie sursauta, et se rassura d'une main sur la poitrine en voyant un médecin refermer la porte derrière lui.

- Oui oui, c'est moi.

Sa voix avait retrouvé un semblant de vigueur et de tonicité.

- Madame, je suis le docteur Amadou. C'est moi qui m'occupe de vous pendant votre séjour ici.

- Bonjour docteur.

- Madame Poltzig, je vous prie de prendre tout ce que je vous dis très au sérieux. Votre cas n'est pas forcément mortel, mais il est préoccupant. Très préoccupant.

Marie sentit un frisson lui parcourir l'échine. Elle n'avait jamais envisagé sa vie si fragile qu'en cet instant et il lui sembla qu'une certaine perception de la chose lui parvenait. Sa gorge était nouée et les mots lui venaient difficilement.

- Qu'est-ce... Qu'est-ce que j'ai... exactement ?

- Vous êtes atteinte d'une forme grave de paludisme.

- Paludisme ?

- De malaria, si vous préférez. Cela implique que vous devez être traitée intensément et que vous allez être sujette, pendant plusieurs semaines, à de violentes poussées de fièvre, de nausées, de tremblements, etc. Inutile de vous préciser que vous êtes ici pour un petit moment et qu'il serait bon que vous preniez vos habitudes.

- Ah… Et… on ne peut pas me transférer en France ?

- J'avais donné mon accord mais en précisant bien que ce n'était pas la procédure la plus prudente. Votre employeur a donc insisté pour que vous restiez sur place, bénéficiiez des meilleurs soins et que vous disposiez d'une chambre seule. J'ai reçu des directives très insistantes là-dessus.

Le ton du docteur sous-entendait un certain regret face à cette situation. Il ne fallait pas être un expert en psychologie pour comprendre ce qu'il pensait de tout cela, avec toutes les connotations que cela pouvait avoir.

- Docteur, qui m'a amenée ici ?

- C'est votre collègue. Il vous a veillée pendant une semaine. Mais, lorsque vous vous réveilliez, vous ne le reconnaissiez pas. Après huit jours, il a appelé votre mère pour qu'elle vienne prendre sa relève. Il estimait que cela serait mieux pour votre rétablissement. Il était très inquiet.

Marie ne voulait pas entendre parler de Franck. Elle aurait tout le temps d'évoquer le sujet lorsqu'elle irait mieux.

- Je dois vous laisser. Une dernière chose : même lorsque les parasites auront disparu de votre flux sanguin, vous ne serez pas totalement guérie. Il se peut que vous ressentiez à nouveau, à l'avenir, des symptômes. Je suis désolé, mais les périodes d'incubation peuvent durer plusieurs années.

- Ah. D'accord. Merci docteur.

Marie songea à tout ceci dans un aspect global. Elle n'était pas capable d'avoir un fil raisonné et tenu de réflexion face à une nouvelle de cette ampleur. Elle n'avait jamais eu affaire à un tel problème et elle ne savait pas comment y faire face. Mais elle savait au moins par où commencer.

- Docteur ?

Le médecin fit demi-tour et passa la tête par la porte.

- Oui, madame ?

- S'il vous plaît, ne laissez pas ces lits vides. Des gens en ont besoin.

Le médecin lui sourit abondamment.

- Merci madame. »

Son estomac se tordit dans un gargouillis plaintif qui lui arracha un sourire. Le souvenir de cette période ne provoquait pas ce genre de réaction chez elle, en général. Ces cinq semaines passées à l'hôpital de

Niamey n'avaient pas été spécialement pénibles. Elle y avait été bien soignée, sa mère l'avait accompagnée tout du long et elle s'était même offert le luxe de s'y faire des connaissances. Mais la vulnérabilité dont elle y avait fait preuve restait comme une épreuve traumatisante à son goût. Tout comme son retour à Paris. Elle avait été accueillie en héroïne par ses collègues, et avait même trouvé un resplendissant bouquet de fleurs à son intention sur son bureau. Le mot était signé de Franck. Il avait atterri dans la poubelle.

Marie constata avec surprise que le bonhomme barbu avait fini par quitter le jeune chétif. En dehors de cet événement, l'ordre restait le même : la petite famille ne bougeait pas tandis que les anciens toussaient et s'aimaient. Une sorte de petit quotidien dans le hall de l'aéroport de Tripoli que Marie se proposa de rompre en se dirigeant vers le petit stand de sandwich disposé à quelques mètres, dans un couloir. Elle s'étira, bâilla se dirigea vers les vivres.

Rien de bien appétissant, évidemment, pensa-t-elle. Les quelques miches de pain audacieusement garnies d'un rien de volaille ou de bœuf ici et là n'auraient pas mis l'eau à la bouche d'un prisonnier de guerre tchétchène. Mais il n'avait pas d'hésitation à avoir car, en vérité, seule une pièce pouvait constituer un quelconque intérêt. Il s'agissait d'un sandwich au poulet avec deux rondelles de tomates et une feuille de salade, dans du pain correct. Elle fit signe au vendeur qu'elle désirait ce morceau, dans un arabe impeccable qu'elle avait souvent eu l'occasion de perfectionner. Sur sa droite, elle remarqua avec amusement qu'elle semblait avoir lancé un mouvement, puisque l'homme qui lui rappelait tant Franck l'avait suivie. Elle croisa son regard, sans expression particulière, mais demeura troublée malgré tout. Il était désormais absolument évident qu'elle connaissait cet homme, mais il lui était impossible de se souvenir précisément. Et plus elle y pensait, plus elle ouvrait de portes menant à d'autres portes lui faisant perdre le fil de sa propre réflexion.

« Marie !

Elle se figea. Cette voix... Cette voix ! Elle se retourna et se trouva face à cet homme. C'était bien lui. Il avait beaucoup maigri, évidemment vieilli, mais c'était bien lui.

Elle ouvrit grand les yeux et plaça une main devant sa bouche, dans un geste d'émotion.

- Mon Dieu... Mais bien sûr... Tiago ! »

Et après plus de dix ans sans s'être vus, elle redécouvrit, comme au premier jour, devant elle, Tiago : son voisin et ami d'enfance.

3 - Retrouvailles

Le téléphone portable de Marie diffusa une sonnerie banale et professionnelle. La jeune femme ne réagit pas immédiatement, stupéfaite de se trouver nez à nez avec Tiago Santos. Toutes ces années, toutes ces expériences vécues, tous ces voyages, toutes ces rencontres… Tout cela pour, au final, se trouver face à son voisin d'enfance.

Tiago se surprit à penser qu'il y avait quelque chose de mystérieux là-dedans. Retrouver Marie Poltzig dans l'aéroport de Tripoli, sur la route de sa repentance et de sa reconstruction. C'était insensé.

La sonnerie s'arrêta sans que le téléphone n'ait bougé. Près de vingt secondes s'étaient écoulées et ils n'en revenaient toujours pas. Le sourire béat au coin du visage de Tiago. Les mains jointes sur le nez de Marie, empêchant naïvement les larmes de couler.

> « Marie, c'est… c'est incroyable de te voir
> ici… Après tout ce t…

La jeune femme l'interrompit, se jeta à son cou et l'enlaça tendrement, comme au plus fort de leur histoire commune.

> - Tiago !

Elle sanglotait, hoquetait, émue par les retrouvailles surprenantes. Elle avait souvent souhaité le revoir et même, parfois, songé à l'appeler. Mais le temps était passé. Elle ne pensait plus tellement à lui. Et le voilà qui se trouvait devant elle, à Tripoli, entre une escale professionnelle et un sandwich peu ragoûtant.

Elle recula d'un pas et le regarda, s'essuyant maladroitement des yeux qu'elle leva, incrédules, sur lui. Ils se fixèrent à nouveau quelques instants puis éclatèrent de rire en parfaite harmonie. Oui, ils riaient, encore, de l'incongruité de cet instant, de l'absolue magie de retrouvailles si abruptes, si soudaines. Tout juste ignoraient-ils l'importance considérable que représenterait ce moment dans leurs vies à cet instant précis.

> « - Marie, c'est hallucinant de te voir là ! Ça fait quoi ? 15 ans ?
>
> - Oh pas loin, oui ! Mais qu'est-ce que tu fais là ?
>
> - C'est une longue histoire, tu sais. Une très longue histoire.
>
> - Ben on dirait qu'on a tout notre temps pour que tu me la racontes. Allez viens, on va manger un sandwich dégueu et se raconter nos vies ! »

Elle le saisit par le bras et l'entraîna vers les sièges qui, quelques secondes auparavant, n'étaient synonymes que d'ennui et d'attente. Et alors qu'elle posa à nouveau son regard sur lui, elle se surprit à espérer que cette escale dure plus longtemps encore.

Un savant mélange de gris et de vert. Avec une pointe de rose pâle tout à fait naturel. Le brun tendance auburn ne gâchait rien au tableau et les nuances de couleurs ne faisaient que pétiller davantage son rire éclatant. Il n'avait jamais été amoureux d'elle, mais il avait toujours vu qu'elle était belle.

Incontestablement, sa simple présence suffisait à rendre nettement plus plaisante cette escale. Depuis une vingtaine de minutes qu'ils conversaient, il avait trouvé le temps délicieusement bon. Et il savourait d'autant plus la valeur symbolique de la rencontre. Comme une manière de boucler la boucle avant de passer à autre chose.

« Tu as l'air pensif. Ça ne va pas ?

- Non, je… Je ne sais pas. C'est juste que c'est tellement dingue !

- Je sais, je sais, c'est génial !

Elle avait l'air toute excitée. Comme une gamine recevant son dernier jouet ou une miss apprenant son couronnement. Tiago trouva cela amusant et touchant, mais demeurait intrigué par sa présence.

- Bon alors dis-moi : qu'est-ce que tu deviens ?

La question chamboula Marie. Tant de temps avait passé… La dernière fois qu'elle avait vu Tiago, elle était une adolescente punk-rock rebelle, habillée comme Courtney Love, faisant des concours de téquila-paf avec des rugbymen et fumant comme une cheminée. Tant de temps… Elle ne sut par où commencer, et n'osa pas, pour l'instant, évoquer sa vie professionnelle et le moteur de son ambition.

- Et bien je suis célibataire…

- Euh… D'accord. C'est par ça que tu commences ?

- Oui, ben je suis célibataire, quoi ! T'es marrant, toi ! On ne s'est pas vu depuis nos… 16… 17 ans ?

- J'en avais 17, donc je suppose que toi aussi.

- Depuis nos 17 ans ! Alors je commence par préciser que je ne suis ni mariée, ni mère de famille…

Sur cette dernière phrase, elle marqua un temps. Elle riait. Elle ne riait plus ces derniers temps. Elle réalisa, en évoquant son absence de vie sentimentale et familiale, qu'elle n'avait pas eu de véritable ami depuis Tiago. Que ses pensées et faiblesses, que ses rêves et désarrois, elle se les gardait pour elle. Ironiquement, c'était alors qu'elle retrouvait son ami d'enfance qu'elle se sentit soudainement très seule. Elle prit la main de Tiago e même temps qu'une grande inspiration.

- Tu sais, Tiago, j'ai longtemps eu très envie de t'appeler. Savoir ce que tu devenais, qu'elle était ta vie et, pourquoi pas, te parler de la mienne. La vérité, c'est que je suis seule. Vraiment seule. J'ai bien eu quelques aventures, plus ou moins sérieuses, mais aucun ami. Pas depuis toi. Et ça me manque. Je sais que ça te paraît bizarre d'entendre ça, après dix ans sans se voir. Je sais que tu as ta vie de ton côté et que je n'en fais plus partie. Mais j'aimais notre amitié, j'aimais notre confiance mutuelle. J'aimais aussi le fait qu'on ne soit jamais tombés amoureux l'un de l'autre. Je crois que je n'ai pas forcément évolué comme tu l'aurais souhaité, et je me doute que je peux passer pour méprisable pour beaucoup de gens. Tu vois ? Je parle et je parle parce que je n'ai eu personne pour me confier depuis longtemps. Oh, attention : je suis heureuse. Mais je regarde trop de séries américaines pour ne pas savoir ce que je manque à ne partager ce bonheur avec personne. A notre âge, tout le monde recherche l'amour, le mari, le bébé… Pas moi. Je suis bien toute seule, sentimentalement. Enfin bref, ce que je voulais te dire, c'est que ça me fait vraiment plaisir de te voir. Et que tu m'as beaucoup manqué.

- A moi aussi.

Tiago avait éprouvé un plaisir non dissimulé à écouter les mots de Marie. Il avait beau être persuadé de n'avoir aucune place pour la moindre émotion dans son cerveau encore fragile, il avait ressenti une vraie chaleur. Il y avait entrevu la vie de Marie. Celle d'une jeune femme comblée, riche, belle et importante. Il se moquait de ce genre de considérations, mais il savait parfaitement que de tels atouts ne rendaient pas nécessairement une personne heureuse. Marie prétendait l'être. A elle de voir ce qu'elle considérait comme le bonheur.

Il posa sa main sur la sienne et, comme pour la réconforter, l'invita à lui raconter les dix ans qu'il avait manqués. Elle avait besoin de parler et lui de savoir. Elle souffla bruyamment en faisant de gros yeux, manière de signifier l'ampleur de la tâche. Mais, comme bien souvent, Tiago distinguait clairement la part de vérité dans l'attitude de son interlocutrice. Et rien ne semblait lui faire plus plaisir que de se prêter à ce vaste exercice.

Alors, Marie lui raconta. Tout. Sa première fois, à 17 ans, avec un petit ami biker sans aucune tendresse, ses premières vacances sans sa famille, sur la côte basque avec quelques amis, fumant, buvant, vivant, son bac dans la poche, l'intense rébellion personnelle qui a suivi, son abandon de cette vie stupide de débauche qu'elle vivait jusque-là, sa réalisation en tant qu'adulte, son troc du jean troué pour la jupe élégante, ses longs cheveux noirs coupés pour faire place à sa couleur naturelle, sa révolution à elle, menée non pas sur quelque pavé, slogan à la bouche et pancarte à la main, mais assise chez elle, réfléchissant chaque jour un peu mieux à ce que son lendemain à elle pourrait lui apporter, ses réussites successives dans tout ce que la vie a pu mettre sur sa route vers le succès, son peu de goût pour la chose sexuelle, sa passion pour les séries télévisées américaines, sa nostalgie lorsqu'elle ré-écoute les Sex Pistols et les Clash, ses éclats de rire solitaires et personnels à la pensée de cette adolescente grotesque et libre qu'elle fut, autrefois, son petit bonheur à elle, en définitive, celui qui la mène le matin au boulot, le midi au resto et le soir dans son canapé, l'amour enfin, et les mésaventures qui s'ensuivent, la vérité sur ce beau conte de fée qu'on nous vend, ses désillusions, ses pleurs, ses rebondissements, sa vie, en somme, avec tout ce que cela comporte de grandiloquence, de hauts, de bas et de conséquences pour une jeune femme de 17 à 27 ans. Marie déballait tout ce qu'elle avait sur le cœur, avec une conviction intense, passant du rire aux larmes, trahissant, à l'occasion, une légère surprise due à un manque de pratique dans l'exercice de l'introspection.

Tiago avait écouté. Patiemment. Consciencieusement. Il avait été touché par cette mise à nu, il en avait perçu gravité et légèreté intimement mêlées. Lui-même se sentait parfois seul face à ses états d'âmes, mais il en avait fait un choix de vie il y a bien des années et s'y était tenu. Contrairement à lui, Marie ne semblait pas avoir eu de dilemme à trancher. Sa vie à elle s'était déroulée de manière convenue. Adolescente rebelle, boursoufflée d'idéaux, piercings et jeans troués comme autant d'expressions extérieures d'une révolte intérieure, des rêves partis une fois la maturité acquise, une transformation psychique, physique, vestimentaire, une rentrée dans le rang d'un système qu'on se plaisait tant à condamner il y a peu et, finalement, une absolue volonté de le défendre maintenant que l'on tirait son épingle du jeu. Tiago ne lui en voulait pas. Lui, mieux que personne, savait à quel point il est, et a toujours été, difficile de donner corps à ses convictions les plus profondes. Même le plus vertueux des révolutionnaires aura tendance à ne pas fermer les yeux sur cette valise gorgée de billet qu'on lui tend, une fois le pouvoir obtenu. « Le merveilleux communisme théorique de Karl Marx a toujours donné lieu à des totalitarismes pratiques », pensa Tiago, tout en réalisant que devant lui, figée, Marie attendait qu'il veuille bien réagir à sa confession.

> - Ça n'a peut-être pas l'air de t'inspirer une réponse, mais au moins ça te fait réfléchir !

> - Oui, excuse-moi, j'étais perdu dans mes pensées...

> - Et tu pensais à quoi ?

Marie avait toutes les peines du monde à contenir son impatience. Elle crevait de savoir quels commentaires sa vie pouvait inspirer. Surtout auprès de quelqu'un qui l'avait connue si jeune.

> - A rien de bien précis. A tout ce que tu viens de dire. C'est vrai que c'est surprenant de te retrouver là, dans le rôle de l'employée modèle. Mais je suppose que ça correspond à un certain ordre des choses.

Marie ne savait pas si elle devait se sentir plus vexée par la désinvolture de Tiago ou par le grand sac des personnes banales dans lequel il semblait la placer. Elle fit mine de ne pas s'en offusquer et conserva son apparente bonne humeur.

- Qu'est-ce que tu veux dire par « ordre des choses » ?

Tiago avait perçu, malgré tout, la maladresse de sa réponse. Il n'avait pas voulu la vexer mais, puisqu'il s'était résolu à vivre sa vie selon le respect strict de ses principes, il ne voyait pas l'intérêt de ménager son interlocuteur, quel qu'il soit.

- N'y vois rien de personnel. C'est une de mes théories… Elle est relativement répandue, d'ailleurs. En gros, on est ce que l'âge, l'évolution et les stimuli sociétaux font de nous. En clair, tu subis constamment une série de messages plus ou moins subliminaux qui provoquent en toi un rejet de ce que tu étais et te mènent à ce que tu es. La punk-rebelle Marie a laissé sa place à une Marie beaucoup plus en phase, plus aseptisée et, paradoxalement, sans doute plus heureuse.

- Mouais. Elle n'est pas révolutionnaire, ta théorie. Parce que, bon, proclamer qu'on s'assagit avec le temps, c'est enfoncer des portes ouvertes… Ça correspond à la maturité, point barre.

- Ben non. Enfin… C'est justement là que je veux en venir. Le martèlement culturel de certaines pseudo évidences te pousse à croire que tout cela est normal. Comme lorsqu'on brandit l'instinct maternel pour justifier la présence de la femme au foyer. Tout ceci est une manipulation parfaitement installée dans l'imaginaire collectif. C'est du conditionnement culturel.

Marie sourit tendrement à Tiago. Celui-ci s'en trouva parfaitement troublé et tourna la tête, gêné.

- Tu n'as pas changé, tu sais.

- Ah non ?

- Vraiment pas, non. Tu es en train de me dire, avec un aplomb extraordinaire, que les concepts de maturité et d'instinct maternel sont des mythes. Qu'est-ce que je peux répondre à ça ?

- Tu pourrais toujours dire que j'ai raison, mais je n'y crois pas trop. Alors on pourrait garder les sujets de fond pour plus tard.

Ils sourirent de concert, comme deux vieux amis se retrouvant après dix ans, par surprise, dans un hall d'aéroport lambda. Cette rencontre impromptue comportait son lot de poésie mais n'avait fait oublier à aucun des protagonistes le pourquoi de leur présence et la longueur de leur attente.

Tiago jeta un coup d'œil furtif vers les gardes à sa gauche. Toujours aussi décontractés malgré l'apparente puissance des armes pendant à leurs épaules, ils échangeaient rires et cigarettes aussi facilement que blagues salaces et misogynes. Il ne parlait pas arabe, mais il imaginait bien à quoi correspondaient les rires gras qui ponctuaient chaque passage d'une femme devant eux.

Marie avait profité de la déconcentration de son acolyte pour observer, une fois de plus, les autres voyageurs du hall. La vieille dame s'était endormie sur les genoux de son compagnon, dans une position qui laissait présager du pire des maux de dos, dès le réveil. La famille nigérienne se partageait ce que le stand de sandwiches lui avait laissé, avec son immuable solennité. Seuls quelques gestes d'affection venaient troubler l'atmosphère endormie du quatuor. Marie ne voulait pas cacher son admiration pour eux, elle qui les observait avec un sourire ému et la tête légèrement penchée. Quelques secondes d'introspection lui firent réaliser que son attitude pouvait passer pour de la condescendance. Elle tourna vivement la tête, comme piquée par un insecte, et vit apparaître Jean, entre deux gardes, dans une situation insolite.

L'ours barbu était dans une rage folle, pendu à son téléphone portable, gesticulant nerveusement sans qu'aucun des gardes hilares ne lui accorde la moindre attention. Marie trouva cela intriguant, les circonstances étant plutôt de nature à pousser les militaires au zèle le plus absolu. Ne serait-ce que pour passer le temps. Mais Jean semblait avoir disparu à leurs yeux, lui qui, de surcroît, se situait dans une zone annexe au hall dans lequel on les cantonnait.

- Tu ne trouves pas ça bizarre, toi ?

Tiago semblait lire dans ses pensées. A mesure qu'elle réalisait l'incongruité de la situation, elle se demandait s'il ne fallait pas alerter son voisin de siège. Et le voici qui la sollicitait sur ce problème précis.

- J'étais exactement en train de me poser la question.

- Ça fait près d'une vingtaine de minutes qu'il est au téléphone, et plus de la moitié qu'il s'est fâché méchamment.

- C'est sûr qu'il a l'air vachement moins sympa que quand on s'est parlé tout à l'heure... Tu l'observes depuis tout ce temps, toi ?

Tiago sourit timidement, comme un enfant surpris en pleine bêtise.

- Déformation professionnelle, je suppose...

- Ben d'ailleurs, justement, c'est quoi ton boulot ? Parce que je te raconte ma vie depuis tout à l'heure et toi, tu ne me dis rien !

- Probablement parce qu'il n'y a pas grand-chose à raconter...

- Oh là là, tout ce mystère ! Allez, dis-moi ce que tu as fait, tout ce temps.

Tiago constata avec plaisir que Marie se sentait de plus en plus à l'aise avec lui. En confiance totale, en quelque sorte. Les libertés qu'elle prenait avec son langage en étaient la preuve la plus marquante. Le fait que son rire se soit fait de plus en plus bruyant au fil des minutes en était une autre.

- D'accord, comme tu veux.

Et Tiago lui raconta. Tout. Son quotidien de pestiféré au lycée, son bac obtenu haut la main, son séjour improductif à la fac, son année d'études à l'étranger, les filles qu'il a connues, sa première fois, bourré, à la sortie d'une boîte quelconque, avec une fille quelconque, pour un souvenir quelconque, les clopes, les millions de clopes, les milliards de clopes, les insomnies, les questions existentielles, l'école de journalisme, ses vacances au Portugal avec ses potes, ses cuites, son amour-propre, son inadaptation sociale, son dégoût de la méritocratie, de la sécurisation à outrance, son premier boulot, ses rêves, ses illusions, ses chutes, exponentielles et répétées, le fond du gouffre et Anne, bien sûr, Anne qui lui avait tout donné et tout repris... Sur l'évocation de cette dernière, il marqua un temps et hésita à poursuivre. Il savait quelle route s'ouvrait devant lui et n'avait pas tout à fait le cœur à revivre tout ça dans son état. Ce n'était pas assez loin, vraiment pas et il lui semblait que l'extériorisation n'était pas une solution pour le moment. Quitte à oublier ses confessions à Jean.

- Cette Anne… Tu es toujours avec ?

- Non. On a rompu il y a un an, environ.

- D'accord. »

Quelque chose comme un accord tacite s'était glissé en trois phrases. Quelque chose comme un « tu m'en parleras quand tu le voudras ». Ils l'avaient clairement ressenti tous deux, nul besoin d'avoir été amis pendant si longtemps pour savoir lire entre les lignes, ou entre les intonations. Tiago avait digressé pendant 30 minutes et il était épuisé. Son état physique ne lui permettait pas de tenir une forte émotion très longtemps. Il s'excusa auprès de Marie, lui expliqua qu'il devait dormir et alla s'allonger quelques sièges plus loin. Elle le regarda s'éloigner avec un mélange de compassion et d'intrigue. Elle savait, évidemment, qu'il ne lui avait pas tout dit, et la raison de sa présence ici au premier chef. Mais elle se surprenait à voir une forme de tendresse l'emporter lorsqu'elle le vit rouler sa veste en boule maladroitement pour s'en faire un oreiller de fortune.

Frustrée, Marie se retrouva à nouveau seule avec son ennui. Autour d'elle, le hall d'aéroport ne ressemblait pas vraiment à une ruche dynamique. Plutôt quelque chose comme un enclos à bétail. Chacun regardait droit devant lui, en attendant. Là où les vaches patient pour aller paître ou être vidées de leur lait, les voyageurs de ce Paris-Tripoli-Niamey semblaient espérer qu'un petit évènement vienne égayer ou tout simplement meubler leur correspondance. La pause dîner étant désormais consommée, seuls un crash, un contrôle militaire ou une dépression nerveuse fulgurante semblaient en mesure de donner un minimum d'intérêt à ces interminables instants. Ca, et la rencontre impromptue de son ami d'enfance perdu de vue depuis plus de 10 ans, au détour d'un stand de sandwiches. Marie pensa soudainement à sa chance. Celle d'avoir une vie comme la sienne, servie sur un plateau, beauté physique et intelligence en bonus, et de trouver encore le moyen d'avoir des surprises de ce calibre. Elle en était presque désolée tant il apparaissait parfaitement évident, à ses yeux, que ses compagnons d'ennui avaient bien plus besoin qu'elle d'un moment d'évasion et de joie. Le couple d'octogénaires semblait se battre désespérément contre la maladie de madame, laquelle voyait sans doute dans ce voyage en Afrique l'accomplissement, pendant qu'il en était plus ou moins encore temps, d'un vieux rêve. Marie les plaignait sincèrement, tout comme elle plaignait cette famille présumément nigérienne, toujours aussi peu loquace. Ils venaient de France, elle le savait. Elle imaginait le difficile quotidien de ces parents qui devaient batailler pour joindre les deux bouts dans un pays qui ne veut pas d'eux. Ces 35% de Français ouvertement racistes lui revinrent à l'esprit. Elle revit le sondage et les commentaires acerbes allant avec. Elle n'était pas exactement ce que l'on appelle un grand cœur mais, à cet instant précis, cela lui sembla insupportable. Pas de quoi remettre en cause sa vie dans son intégralité, mais elle alla jusqu'à voir dans cet accès de mansuétude la patte contagieuse de Tiago et de sa générosité naturelle. Elle étouffa un petit rire à l'évocation de cette idée.

L'ordre qu'elle s'était fixée dans son observation humaniste des autres membres du vol porta son regard sur Jean, toujours pendu à son téléphone, toujours rouge de colère. Elle pencha légèrement la tête, trahissant une réflexion accentuée. Qui était ce type ? Que faisait-il sur ce vol ? Etant à peu près établi qu'il n'allait pas en vacances à Niamey, il restait quelques explications plus ou moins réalistes et plus ou moins farfelues. Elle envisagea aussi bien Jean le businessman en voyage d'affaires tout comme elle, que Jean l'agent secret, en pleine mission d'infiltration du régime corrompu nigérien. Voire en pleine surveillance de sa mission pour le compte d'Areva. Cette dernière pensée la fit frissonner. Quelques secondes, pas plus, le temps qu'elle réalise plutôt froidement que si le gouvernement français avait vraiment voulu nuire à son employeur, il l'aurait fait depuis longtemps. Evidemment, le groupe qui signait son indécent chèque mensuel n'avait rien d'un ange. Elle-même se rendait précisément à Niamey pour signer un énième contrat d'extraction locale, affaire qui ne ferait sans doute pas le bonheur de la population. Mais Marie ne voulait pas se laisser aller à de grands desseins. Elle avait depuis trop longtemps choisi de privilégier son destin. Révolutionner le monde, voilà qui était bon pour un adolescent naïf. La maturité devait apprendre à chacun l'irrévocable défaite qui attend toute lutte de ce type. On a beau jeu, à 16 ans, de dire qu'on ne rentrera jamais dans le moule. Mais force est de constater qu'on se retrouve très vite devant un choix quasiment manichéen : ne pas rentrer, effectivement, dans le moule, vivre en marge et en souffrir éternellement, ou mettre sa conscience en veilleuse et profiter de ce que la vie peut offrir à un cynique. Avec toutes les nuances de gris au milieu. Naturellement, cela était plus facile pour certains, mais Marie n'avait pas eu grand peine à laisser son confort, sa soif de reconnaissance et son ambition prendre le dessus.

Elle fut tirée de ses inhabituelles réflexions par le passage tourbillonnant de Jean à quelques mètres d'elles. Très loin de l'affable et charmant bonhomme qui l'avait surprise quelques minutes auparavant, il semblait à la fois soucieux et furieux. Pas de doute là-dessus, la discussion qu'il venait d'avoir l'avait transformé. Et, il laissait s'exprimer un côté obscur très intimidant qu'il ne valait mieux pas éveiller.

Marie fixait le sol dans une intense réflexion. Oui, Jean disposait de cette face sombre qu'elle ne souhaitait pas, outre mesure, connaître. Mais d'où lui était venue, alors, cette volonté profonde de le voir se diriger vers elle ? Cet homme qu'elle ne connaissait pas, qu'elle avait trouvé tout juste intrigant et amusant. Elle souhaitait lui parler, échanger avec lui. En vérité, la réponse à cette énigme-là n'avait rien de bien compliqué. Elle était seule dans ce hall d'aéroport depuis quelques heures déjà et la surprise de croiser Tiago, ainsi que de lui raconter sa vie avaient ouvert les vannes. Il *fallait* qu'elle parle, qu'elle sorte d'elle ce trop-plein d'émotions. Elle se sentit soudain extrêmement seule et se surprit même à ressentir quelques sueurs froides, signe que cette réflexion-là touchait sans doute un point sensible.

Elle secoua la tête. Ce genre de pensées n'était pas pour elle. Elle se pencha entre ses jambes et souffla bruyamment. Corps rejeté en arrière, elle entama un nouveau tour visuel du hall. Sous un œil nouveau que son subconscient avait totalement bouleversé.

Ce couple d'anciens si désespéré à son goût, il y a quelques minutes à peine, s'était changé en Roméo et Juliette modernes qui, dans un élan mélodramatique admirable, partaient à la découverte d'un nouveau monde avant que l'infortune ne fasse d'eux son jouet. La famille ne s'assimilait plus à une usine à fabriquer de la survie, suant sang et eaux à la recherche des derniers sous leur permettant de finir le mois. Désormais, c'était l'amour parfait, fusionnel, d'un homme, d'une femme et de leurs enfants qui s'offrait à son regard. Le calme absolu dans lequel se déroulait leur attente ne s'apparentait à rien d'autre qu'à un bonheur certain sur fond de bonne éducation. Pas une seule fois les fillettes n'avaient pesté contre la chaleur, la qualité de la nourriture ou la longueur de la correspondance. Elles n'avaient même pas l'air triste. Marie se reprocha d'avoir adopté une bien-pensance postcoloniale en les considérant comme des victimes avant de les voir comme une famille unie et heureuse.

Même Jean trouvait grâce, désormais, à ses yeux. En fait de bonhomme colérique et effrayant, c'était un homme tout à fait charmant qui, sous le feu d'une passion quelconque lui tenant manifestement à cœur, laissait sa fureur se faire le témoin de sa déception. Il y a quelques minutes, elle n'aurait pas osé lui demander l'heure. Maintenant, elle voulait presque le consoler.

Et au milieu de toutes ces personnalités différentes, une jeune femme assise, agitée, renvoyait le spectacle de cette nouvelle bourgeoisie incapable de supporter quatre heures d'attente. Elle. Marie. Elle ne voulut même pas se demander ce que les autres pensaient d'elle. Ni même s'ils s'adonnaient au même exercice d'observation qu'elle-même venait de réaliser. Deux fois. Très différemment. Tous avaient une vraie raison de trouver insoutenable cette correspondance, mais personne ne se plaignait. Et c'était bien elle qui semblait la vivre le plus mal. Même Tiago semblait très mal en point physiquement. Elle s'en voulut même de les avoir si sévèrement jugés de prime abord.

Mais l'incongruité de ces deux tours d'horizon si différents poussa sa réflexion plus loin. Car si sa confiance en elle et son cynisme l'avaient menée à critiquer presque méchamment son entourage en premier lieu, c'était bien son sentiment de solitude et l'étonnement lié à sa volonté de voir Jean lui adresser la parole qui l'avaient troublée. Au point de voir soudain toutes ces personnes autour d'elle comme des êtres exceptionnels.

Ces pensées oppressantes et dangereuses l'avaient fatiguée. Marie sortit son lecteur mp3 et se laissa bercer par ses mélodies favorites. Elle rouvrit les yeux sur l'idée que, définitivement, le jugement porté sur autrui ne vaut que par les conditions psychologiques dans lequel il est effectué. Et que, par conséquent, il était parfaitement subjectif et stérile de vouloir analyser une personne que l'on ne connaît pas. Subjectif, stérile et vraiment arrogant, quand on y pense.

Le temps était à l'orage et l'horizon grisâtre se faisait de plus en plus menaçant. Mais rien ne semblait l'atteindre. Perdu dans ses bras, enivré par l'odeur champêtre de ses cheveux, hypnotisé par ses yeux gris pâle, il ne voulait pas penser à autre chose. Le vent frais, le sable sous ses pieds, les vagues s'écrasant à quelques mètres à peine de lui, l'éclat naissant du soleil, les cris stridents des mouettes... Il ne voulait pas être ailleurs, il voulait mourir. Là. Tout de suite. Il voulait mourir au sommet de sa joie, d'un bonheur qu'il avait bien cru ne jamais connaître. Les pieds plantés dans le sable, il volait pourtant, d'une liberté et d'un bien-être totaux. Elle le prit par les épaules et le regarda, profondément, intensément. Il s'était laissé aller dans ses bras à elle, au mépris même de toutes les conventions, de tous les usages, ceux qui proclament gravement qu'un homme se doit d'abriter une femme contre son torse, et non l'inverse. Ces considérations lui étaient étrangères et, quand bien même, il n'y aurait pas prêté attention. « Je t'aime », lui avoua-t-il solennellement, dans un souffle, un sourire, un aveu de bonheur à peine dissimulé. Une mouette vint se poser à leurs côtés, détournant leur attention quelques secondes. Son regard à elle revint le premier, fixant le visage de son aimé dans une image embrumé par de jeunes larmes. « Je t'aime aussi », répondit-elle, absolument émue par ce tableau grandiloquent. La mer légèrement agitée, le sable parfaitement clair, le soleil à son crépuscule, l'air encore frais... Tout était réuni comme pour une apogée, un instant qui rendrait fade tout ce qui suivrait.

Il la pressa contre lui, inversant les rôles. Elle remit ses cheveux, emportés par le vent, derrière son oreille, pour mieux entendre la mer et sa respiration. Elle était bien, au chaud, amoureuse, transportée elle aussi. La fusion parfaite, la passion inconditionnelle mue par ces conditions exceptionnelles. « Je t'aime tellement », insista-t-il, plus à l'attention de son for intérieur qu'à celle qu'il tenait contre lui. La mouette s'envola, les laissant totalement seuls dans leur rêve. Une nuit aurait pu passer, les étoiles ajoutant encore, sans doute, un peu plus à la poésie du moment. Le soleil aurait pu se lever à nouveau, éclairant d'un jour chaque fois nouveau leur amour éternel. Plus rien ne les rendrait à la réalité, plus rien ne saurait les forcer dans ce chemin. Le quotidien, les problèmes routiniers, les autres, le reste, tout ceci n'avait plus d'importance. Il la regarda une fois encore, pour mieux se rendre compte de la réalité de la chose. Il la tenait bien contre lui, mais il peinait à le réaliser. C'était toujours la même chose...

« Ferme les yeux », lui intima-t-elle soudain, s'éloignant légèrement de lui et se privant de son contact. Amusé, il s'exécuta, impatient et intrigué. « Attends un peu », précisa-t-elle, comme pour faire croître en lui la volonté de voir ce que cachait ce petit jeu soudain. De fait, il s'impatienta, les secondes s'écoulant lentement. Le temps passa, lourdement, péniblement, et elle ne lui parlait plus. « Je peux ouvrir les yeux ? », demanda-t-il, en manque d'assurance. Pas de réponse. Inquiet, il finit par entrouvrir deux paupières, et l'image se révéla: l'autre était là, face à lui, enlaçant son amour, l'embrassant, la caressant. Elle semblait y prendre un plaisir intense, vulgaire, non dissimulé. Un plaisir que seule une intensité ponctuelle pouvait procurer. « Mais enfin ? Que fais-tu ? », hurla-t-il, courant comme un dératé vers la traîtresse. Fou de rage et de détresse, il posa la main sur son épaule mais, aussitôt, elle s'évapora et disparut, le laissant seul, démuni. Il essaya d'attraper son spectre vaporeux mais son image troublée finit par abandonner toute visibilité. Il se retourna, les cherchant, elle pour l'insulter, lui pour le frapper. Ou était-ce l'inverse ?

Par acquis de conscience, il se retourna encore et l'aperçut, face à lui, le regardant d'un air de pitié désolée. Il courut vers elle, mais son image reculait aussi vite qu'il avançait. Essoufflé, il tomba à genoux, leva ses yeux embués vers elle et lui posa la vaine question : « Pourquoi ? » Elle pencha la tête, accentuant cet horrible sentiment de pitié. « Je suis désolée », se contenta-t-elle de dire, simplement, sans accent particulier de tristesse ou d'agacement. « Mais… Pourquoi ? », insista-t-il. « Je suis désolée », répéta l'image de son amour envolé, à mesure qu'elle disparaissait. Pris de panique à l'idée de ne pas avoir les excuses et les explications auxquelles il estimait avoir droit, il courut vers l'ombre, hurlant et dépensant énergiquement sa rage. « Pourquoi ? » Sa course fut stoppée par deux bras puissants l'empêchant d'avancer. Ceux de Bruno, le retenant et le privant d'aller à l'encontre de son amour déchu. Il voulut se débarrasser de cette prison fraternelle mais ses poignets ruisselaient de sang, d'un sang qui s'échappait de ses poignets largement entaillés. Conscient que la lutte était vaine, il s'écroula et hurla jusqu'à en perdre conscience : « Pourquoi ? Anne, Pourquoi ? »

Tiago se réveilla en sursaut et se retourna plusieurs fois avant de réaliser qu'il venait seulement de s'échapper de son cauchemar. Le même. Toujours. Il essuya son front de la sueur qui en émanait abondamment et se rassit, essoufflé.

Epaules haussées dans un étirement continu, dans un bâillement grotesque et profond, il se frotta les yeux et les leva vers le hall dans lequel ses quelques compagnons de vol végétaient toujours en compagnie de quelques gardes bourrus et peu amènes. La population locale était toujours la même, les têtes toujours aussi basses et l'atmosphère toujours aussi somnolente et moite. La chaleur continue fatiguait les esprits et les corps, le soleil toujours brûlant malgré l'heure tardive filtrait à travers les grandes baies vitrées.

Tiago repensa brièvement à son cauchemar et constata, amer, que son départ soudain et précipité vers l'Afrique ne l'avait pas modifié. Ni avion, ni Tripoli, ni Boubacar, ni Marie n'y figuraient. Anne et l'autre, en revanche, en étaient toujours les têtes d'affiche, malgré le fait qu'il ne les avait pas vus depuis plus d'un an. Il s'imagina chez son frère et se prit à regretter le confort de son semi-coma. Bruno devait retourner ciel et terre pour le retrouver. Personne ne le retrouverait, ça il le savait. On ne le soupçonnerait pas d'avoir quitté le territoire étant donné son état physique. Personne, mis à part Marie, ne se doutait de sa présence en ce lieu si insolite. Il était seul, livré à lui-même, en plein bouleversement émotionnel, géographique, relationnel bref, existentiel. Et pourtant, la seule chose dont il rêvait, les seules personnes auxquelles il continuait de penser, c'était Anne, son amant et Bruno. Il fuyait tout cela, il avait eu un an, une tentative de suicide et une nuit en prison pour en faire son deuil. Il changeait de vie, de continent, de but, de mode de pensée. Comment donc se trouvait-il tourné si loin dans le passé et non vers l'avenir ? Pourquoi n'arrivait-il pas à oublier tout ça ? L'association d'idée fit son chemin et Tiago en arriva, au final, à la question à laquelle il n'avait jamais su trouver la réponse. Celle à laquelle il arrivait systématiquement : Pourquoi ? Pourquoi diable l'avait-elle trompé, lui enlevant ainsi ses dernières illusions sur la nature humaine ?

Et là, à peine réveillé, assis sur le bord du siège qu'il agrippait si fortement que les jointures de ses mains en blanchissaient, tremblotant et bouche serrée, Tiago sentit ses yeux s'humidifier et quelques larmes perler aux coins de ses yeux.

Il resta là quelques minutes, prostré, à regarder les tâches que ses propres sanglots faisaient sur son jean. Il ne regardait personne, seul avec la détresse héritée de son cauchemar. Ses pensées fusaient à la vitesse de l'éclair. Cette surchauffe cérébrale qu'il avait toujours détestée, ces associations fulgurantes de questions et d'idées qui finissaient systématiquement par le rendre fou. Pourquoi donc était-il parti ? Pourquoi Anne l'avait-il trahie ? Pourquoi ramenait-il toujours la problématique à lui ? N'était-elle pas, après tout, foncièrement malheureuse avec lui ? N'aurait-il pas fallu privilégier la balle dans le crâne plutôt que le taillage de veines ? Sa vie en valait-elle encore la peine ? Son idéologie humaniste n'était-elle pas totalement désuète dans ce monde ? Sa rencontre impromptue avec Marie devait-elle être interprétée comme un signe ?

Les questions fusaient en divers points, à diverses vitesses, en diverses directions. Ses mains avaient lâché le siège pour venir exercer leur crispation sur les côtés de son crâne. C'en était trop ! Son esprit s'émancipait et échappait à son contrôle. C'était une des choses que le traitement n'avait jamais su stopper. Si les manifestations physiques de cette surchauffe demeuraient anesthésiées par son état général, sa conscience ne perdait pas une miette de vigueur. Et, en cet instant, elle atteignait un de ces paroxysmes qu'il détestait tant. Il se serra la tête à en trembler avant de tout stopper par un ras-le-bol qu'un grognement sourd mais vigoureux matérialisa. Seule une petite fille de la famille voisine remarqua le son et lui jeta un œil distrait. Tiago, lui, souffla puissamment et résolut, comme à chaque fois que cette situation se présentait, d'agir rationnellement et en aucun cas sur la foi de l'issue finale de ses réflexions. Et pour cause : celles-ci le menaient systématiquement à se poser, au final, bien plus de questions qu'au départ. Ainsi fonctionnait son esprit continuellement torturé. C'était pour cela qu'il avait tenté de se suicider. C'était pour cela qu'il avait voulu secourir Boubacar. Et c'était pour cela qu'il avait entrepris ce nouveau départ, ici à Tripoli, demain à Niamey, le jour d'après à Imouraren...

Marie rouvrit les yeux de très mauvaise humeur. Elle n'arrivait pas à dormir. Cette fichue chaleur...

Elle s'étira pesamment et coupa la musique. Devant elle, trois gardes rigolaient en la regardant.

Sa première pensée alla à Tiago et, en tournant la tête vers lui, elle le vit réveillé. Elle tenta de lui sourire mais, manifestement, il avait l'esprit occupé et il se contentait de fixer le sol. Elle essaya de lui faire un signe, mais rien n'y faisait. Elle se leva donc et se dirigea vers lui. Tête penchée, elle tentait de capter son attention afin de ne pas le surprendre, mais il demeurait stoïque. Quelque chose n'allait pas.

« Tiago ?

Elle posa la main sur son épaule et le fit sursauter.

- Désolée, je ne voulais pas te faire peur.

- Pas de problème, j'étais perdu dans mes pensées.

Marie hésita quelques secondes. Devait-elle aborder ses yeux rougeâtres ? Elle préféra ne pas le relever.

- Bien dormi ?

- Comme d'habitude.

- Et bien tu vas regretter de t'être assoupi. Tu n'imagines pas ce que tu as raté.

- Ah oui ? Quoi donc ?

- La vieille a toussé, le père de famille a bâillé et Jean a raccroché. De l'animation comme s'il en pleuvait.

- Merde... Si j'avais su.

- Sinon, sans rire, les bonnes sœurs sont parties.

- Ah ben c'est sûr que ça va être moins drôle sans elles...

Il se conformait au cynisme de Marie, mais celle-ci vit bien qu'il y avait plus de politesse que de véritable envie de blaguer chez lui. La légèreté de l'échange retomba, jetant un silence étrange sur leur conversation. Evidemment, Marie se précipita pour le briser.

- Tiago, je... Comment dire ?

Elle transpirait la gêne par tous les pores. Tiago le remarqua silencieusement. Vu son état, il n'était pas disposé à parler de tout. Marie, elle, tâtonnait autant que possible pour formuler sa question.

- Disons que je voulais te poser une question, mais tu n'es pas obligé de me répondre.

- Alors pose-la et je verrais bien si je veux y répondre.

- Eh bien voilà... Je vois bien que tu es dans un état physique assez mauvais et que tu viens de pleurer. Tu es seul à Tripoli, dans un vol pour Niamey. Je ne pense pas que tu sois ici pour le boulot, donc... Voilà, en gros, je voulais juste savoir pourquoi tu es ici...

Marie semblait gênée. Elle se doutait qu'elle mettait les pieds dans un terrain dangereux. Tout portait à croire que Tiago était malheureux et même qu'il allait franchement mal. Ce dernier poussa un long soupir, symbole du malaise qui régnait autour de ce voyage.

- En gros, je vais à Imouraren.

Marie sourit étrangement à la réponse de Tiago et son visage s'éclaira. Elle semblait même franchement excitée. Lui s'en sentit troublé.

- Tu ne devineras jamais ! Moi aussi je vais à Imouraren ! »

4 – Si proches, si loin

Le hall bruissait d'une rumeur lointaine. Entre décollages et atterrissages, les discussions timides des passagers et celles, décomplexées, des gardes conféraient à l'atmosphère quelque chose d'angoissant. Chacun le ressentait, mais évitait d'y prêter une attention exagérée. La Lybie était la Lybie, et sa réputation franchissait les frontières.

Tiago, lui, n'y pensait pas. Ou n'y pensait plus, en tous cas. Stupéfait, il fixait d'un air hagard la mine réjouie de Marie. Celle-ci, radieuse, lui agrippait la manche et rigolait nerveusement.

> « C'est génial ! On va pouvoir finir le voyage ensemble !

Tiago, lui, ne voyait pas les choses de cette manière. Au fond de lui, il avait compris. Mais il le refusait l et craignait même d'aborder le sujet. Trop sensible, trop décevant. Après quelques secondes suspendues dans le vide, il prit une grande inspiration et posa la question fatidique.

> - Pourquoi tu vas à Imouraren ?

> - Oh, pour le boulot, rien de bien méchant. En plus, je n'y passerai probablement que deux ou trois jours. Et toi, tu y vas pourquoi ?

Trop occupée par sa propre surprise, Marie n'avait pas réalisé qu'il ne pouvait y avoir qu'une seule bonne raison de se rendre à Imouraren, du moins dans leurs cas respectifs. Son manque de spontanéité coupable donna lieu à un tableau insolite, contraste entre la détresse et l'emballement.

Tiago résolut de ne rien dire. A moitié tenté de voir si Marie finirait par réaliser, à moitié angoissé à l'idée de la conversation qui suivrait forcément, il s'efforça de retrouver un semblant de sourire, histoire de sauver les apparences.

- J'ai rencontré un type en France qui m'en a dit le plus grand bien, alors je vais y faire un tour. On m'a dit que le Niger était plutôt chaleureux, et je ne suis jamais allé en Afrique.

Il avait subtilement réussi à détourner la conversation, mais son astuce ne tiendrait probablement pas bien longtemps.

- Et bien je peux te confirmer que c'est un pays très... chaleureux. En tous cas, j'y ai beaucoup transpiré !

- Tu y es déjà allée ?

- Oui, il y a quelques années, déjà pour affaires. Je n'en garde pas un bon souvenir.

Tiago perçut l'infléchissement d'intonation dans la dernière phrase et se précipita dessus.

- Ah non ? Pourquoi ? »

Marie hésita un instant. Elle lui avait raconté dix ans de sa vie mais avait soigneusement omis de mentionner Franck, pour diverses raisons. Elle n'avait probablement pas suffisamment digéré la trahison, et n'avait pas subi, depuis, de traumatismes suffisants pour prendre la place. Mais Tiago semblait sincèrement intéressé par ce détail alors, autant compléter le puzzle. Elle prit une grande inspiration et entama son récit.

Marie était rentrée en France depuis trois semaines. Les séquelles physiques de son virus avaient presque totalement disparu et elle se faisait péniblement à son nouveau statut. Celui d'héroïne qui a risqué sa vie pour la compagnie et qui, de surcroit, a été trahie par le directeur de département. Naturellement, la première partie était très exagérée et la deuxième particulièrement indiscrète. Mais elle ne pouvait pas empêcher les ragots, vrais ou faux, de circuler. Ainsi allait la vie d'entreprise, avec son lot de langues de vipères, de victimes expiatoires et de célébrités diffamées.

Marie, elle, n'avait qu'une hâte : repartir dans l'anonymat confortable de ses premières semaines. Elle savait qu'elle ne gagnait pas à être connue et qu'un trop plein de popularité lui nuirait tôt ou tard. C'était pour cela qu'elle persistait dans une attitude froide et strictement professionnelle avec Franck. Celui-ci, après deux vaines tentatives d'explication rapidement balayées, avait pris acte de la décision de Marie. Du reste, l'ensemble du département semblait lui reprocher son attitude car, plus que jamais, Marie était la « chouchou » de ses collègues. Son éthique de travail, son statut de victime, sa présumée dévotion pour l'entreprise et ses atouts naturels faisaient d'elle la candidate rêvée à la succession de Franck. Naturellement, d'aucuns auraient vu dans cette promotion une certaine ironie du sort, à même d'alimenter les conversations de machines à café durant une bonne année.

Mais ce ne fut pas le cas.

Franck comprit, avec le temps, que l'atmosphère ne se tasserait pas et que la seule solution qui s'offrait encore à lui était de démissionner. Ce qu'il fit assez précipitamment, à la faveur d'une offre émanant d'une grande entreprise publique. A l'instant de l'annonce de son départ, les hautes autorités d'Areva avaient, en effet, le projet de confier les rênes du service à un duo composé de Marie, encore trop peu expérimentée pour mener cette mission à bien, et de Noël Vandenberghe, un cacique du département Afrique, ami personnel de plusieurs chefs d'Etats du continent. Et que trois petites années seulement séparaient de la retraite. Aucun risque donc que l'un n'ait l'idée de se débarrasser de l'autre, ce qui se serait avéré catastrophique. Le plan semblait bien huilé, mais la mécanique prit un coup lorsque Franck se vexa de ne pas être consulté quant à sa succession. Il estimait, à juste titre, ne pas avoir quitté le navire par échec professionnel, mais par dissensions relationnelles. Aussi, selon lui, aurait-il été courtois et efficace de lui demander son avis. Marqué par l'ambiance conflictuelle, il prit la liberté d'adresser à la présidente une lettre soigneusement rédigée, faisant état de sa forte recommandation de Mademoiselle Marie Poltzig pour sa succession au poste de directeur du département Afrique d'Areva. Trop malin pour ignorer l'effet qu'aurait un conseil émanant d'un pestiféré tel que lui, il constata, l'efficacité de la manœuvre : le nom de Marie fut évincé de la liste des candidats potentiels.

Elle fut convoquée un matin comme un autre par Noël Vandenberghe qui, eu égard à son statut de plus ancien directeur adjoint, avait pris la direction intérimaire. Celui-ci lui expliqua que, malgré les rumeurs qui circulaient ici ou là, elle ne serait pas nommée directrice, son manque d'expérience étant parfaitement rédhibitoire. Marie, qui n'avait jamais fait état d'une quelconque ambition de ce type, en prit acte et demanda simplement si Franck avait quelque chose à voir là-dedans. « Cela reste, naturellement, à la discrétion du conseil d'administration, mademoiselle Poltzig », lui fut-il répondu, clin d'œil évocateur à l'appui. Elle avait eu sa réponse. Franck était bien un parfait salaud, un surdoué arrogant trop conscient de ses qualités et qui finirait, immanquablement, par arriver au sommet. Quant à son sort personnel, il lui était parfaitement égal : elle se savait trop jeune et inexpérimentée pour prétendre à ce poste et quand bien même lui aurait-il été proposé, elle l'aurait refusé. Sa stratégie d'accession au pouvoir passait par un solide apprentissage des rouages de la machine. Elle n'était pas prête, mais les plats repasseraient. Sa confiance en elle et sa notoriété interne l'en convainquaient. Elle trouvait simplement idiot que Franck se soit donné la peine de se venger bassement en visant une chose à laquelle elle ne tenait pas. Pas encore du moins. Puis, cinq ans plus tard, elle fut finalement nommée directrice du département Afrique d'Areva, poste qu'elle occupait toujours.

« Tu es directrice du pôle Afrique d'Areva...

Cette phrase plus semblable à une rhétorique de conviction qu'à une véritable question se perdit dans un souffle. Et, de fait, Tiago était soufflé. Il n'en croyait pas ses oreilles. Ainsi, la personne qu'il avait virtuellement le plus détesté depuis sa tentative de suicide, probablement depuis le début de sa vie étant données les circonstances, se trouvait devant lui, sous les traits d'une femme qui fut son amie. Il eut pitié d'elle, vraiment, lorsqu'elle raconta son calvaire nigérien, son cœur brisé, sa vie mise en balance et sa générosité face à l'adversité. Il la trouva humaine, digne, forte, sensible. Il voulut croire que ce nom d'entreprise, qu'elle ne mentionnait pas si pudiquement, ne fut pas Areva. Il l'aurait tellement voulu. Mais à mesure que le récit avançait, que l'épilogue si cyniquement raconté se faisait jour, il comprit que même en faisant preuve de la plus sincère des convictions, on ne pouvait pas remettre l'évidence en balance. Elle était complice de tout ce qu'il avait toujours combattu et elle était heureuse. Et c'était la principale chose qu'il retenait. Il aurait voulu qu'elle fasse montre d'un minimum de regret par rapport aux méthodes employées par son groupe. Il aurait ainsi pu la convaincre de mettre ses formidables capacités au service d'une noble cause. Mais elle ne laissa pas entrevoir une once d'hésitation, pas une miette de rancœur.

- Tu es directrice du pôle Afrique d'Areva…

Incrédule, profondément touché, il répéta cette phrase encore une troisième fois avant de lever les yeux vers elle, figée, interdite.

- Qu'est-ce qui te fait dire que je travaille pour Areva ?

Cette fausse naïveté mêlée de méfiance eut le don de l'énerver encore plus. Elle jouait avec lui, mais ne comprenait pas l'enjeu. Sa manière presque insultante de le pousser à la révélation montra de quelle arrogance et de quelle confiance elle était capable. Forçant un rictus aimable, il releva le défi.

- Un grand groupe français avec un pôle Afrique si important. Deux déplacements dans un pays aussi négligeable que le Niger.

Une volonté manifeste de taire le nom de l'entreprise. Au hasard, je dirais Areva.

- Au flair ? Vraiment ?

La discussion était maintenant ouvertement rhétorique, chacun ayant clairement perçu le petit jeu de l'autre. Tiago, cependant, disposait d'un avantage de taille car Marie ignorait toujours ce qu'il venait faire au Niger. L'épreuve amusait et agaçait.

- Alors admettons que j'ai tort. Cite-moi une seule autre entreprise française qui remplirait ces critères.

- Mmh… Disons… Dassault, Total, LVMH, Bouygues, Arcelor…

- Arcelor appartient à Mittal. C'est Indien.

- OK, pas Arcelor.

- D'accord, je vais affiner les critères.

Marie trouvait tout à fait divertissant cette énigme. Tant par le fait qu'elle la situait au centre de l'attention que par l'étalage de culture entrepreneuriale dont elle pouvait y faire preuve.

- Tu m'as dit que tu allais à Imouraren. Or, nous savons a priori tous les deux à quoi ressemble cet endroit.

- Admettons.

- Tu admettras, à ton tour, que ni LVMH, ni Bouygues, ni Total n'ont quoi que ce soit à y faire.

- Pourquoi donc ?

- Il n'y a ni pétrole, ni matière précieuse, ni bâtiment conséquent à construire. Et puis, en admettant qu'il y ait quoi que ce soit de ce type, rien n'indique que ce soit en quantité suffisante pour y dépêcher la directrice continentale. Rien sauf un truc.

Marie savait qu'elle avait perdu la partie, mais elle se savait également excellente débatteuse. Elle entreprit donc une ultime manœuvre pour sauver la face, ainsi que son « employeur secret ».

- Sauf quoi ? Tu n'en sais que ce que tu as lu dans les journaux ? Et si ce n'est pas le cas, c'est une conclusion qui vaut bien les tiennes. En vérité, il a peut-être un gisement de pétrole qui a été découvert là-bas et, si c'était le cas, Total le saurait bien avant la presse.

- Donc, ce n'est pas Total. Mais je maintiens que l'hypothèse la plus probable est que tu travailles pour Areva, que tu te rends à Imouraren pour y exploiter un gisement d'uranium comme l'entreprise le fait dans le reste du pays. Et si ce n'est pas le cas, je ne dois pas être loin.

- OK, c'est peut-être bien l'hypothèse la plus probable.

Tiago savait pertinemment qu'il avait raison, et devait bien reconnaître l'aisance verbale de Marie. Le temps avait passé depuis leurs 16 ans... Il le regrettait, ce temps béni où l'insouciance et l'utopie balayent tout. Il aurait voulu revenir à l'époque où il croyait pouvoir changer le monde, se rendre utile et combattre tous les cynismes de la Terre. Il se sentit soudain très las, fatigué par cette discussion, par sa révolte intérieure. Il aurait voulu se rendormir à jamais. Son angoisse remontait le long de son échine et pesait sur son estomac. Il se sentait mal, déçu, désemparé. Mais, plus que tout, il se sentait en colère. Une réponse claire s'imposait.

> - Marie, je sais que tu travailles pour Areva. Je le sais depuis le début, simplement je ne savais que tu occupais un poste si important. Je le sais parce que je sais parfaitement qu'il n'y a rien à Imouraren, à part un monstrueux gisement d'uranium. Et que, par conséquent, on y va tous les deux pour le même sujet. Mais pas pour les mêmes motivations.

Elle le regarda droit dans les yeux, une lueur de reproche dans son expression. Pour la première fois depuis leurs retrouvailles, elle ne savait pas sur quel pied danser. Bien sûr, elle aurait pu continuer de nier avec obstination. Mais toute vexée qu'elle était, Marie Poltzig savait être de bonne foi.

- Alors nous ne sommes pas tout à fait à égalité. Si tu as raison, tu sais pourquoi je vais à Imouraren. Mais toi ? Pourquoi tu y vas ?

Un léger frémissement passa dans la pièce. Les gardes se tendirent l'espace de quelques secondes, comme alertés par une onde passagère. Le couple de septuagénaires semblait l'avoir perçue également. Tiago et Marie, eux, alternaient regards portés sur l'autre et sur leurs chaussures. Leur concentration, en revanche, était intacte, parfaitement focalisée sur la conversation. Tiago se détourna à peine un instant pour constater qu'un peu d'animation venait troubler la quiétude du lieu. Il ne s'y attarda pas et répondit à Marie.

- Je veux que tu me dises d'abord pour qui tu travailles. Je veux que tu me le dises droit dans les yeux et, ensuite, je te raconterai tout. Pourquoi je vais à Imouraren, pourquoi je suis dans cet état et pourquoi tu ne peux pas t'empêcher de reluquer les cicatrices sur mes poignets depuis tout à l'heure.

Marie fut déstabilisée par la dernière remarque de Tiago. Il est vrai qu'elle s'était focalisée sur les stigmates comme un adolescent sur un décolleté. Impossible de s'en défaire. Mais elle savait que ce genre de sujet ne pouvait véritablement être abordé que par le principal intéressé.

Elle leva les yeux vers ceux, embués, de Tiago. Il semblait triste et ému. L'intrigue de l'instant, mêlée à la pitié compassionnelle qu'elle ressentit, la poussa à révéler le secret de Polichinelle.

> - Je suis directrice du département Afrique d'Areva.

Tiago poussa une profonde expiration, comme s'il venait vraiment d'apprendre la nouvelle. Le choc eu, chez lui, la résonnance d'un coup de gong. Il le savait, il le savait parfaitement mais il se devait de l'entendre. Question de confiance, sans aucun doute. Désormais, il était fixé et savait à quoi s'en tenir. En revanche, il ne voyait pas du tout quelle attitude adopter face à ce paradoxe : son amie d'enfance, perdue de vue depuis plus de 10 ans, était devenue l'incarnation quasi parfaite de ce qu'il ne tolérait pas. Et cette situation le décontenançait.

Marie n'avait rien manqué de la décomposition seconde par seconde de son interlocuteur. Il était désormais replié sur lui-même, crispé et tremblant. Elle tenta de poser une main réconfortante sur son épaule mais celui-ci la dégagea d'un mouvement brusque.

Ils faisaient désormais partie du tableau nerveux et électrique de ce hall d'aéroport qui se mettait en action. Ils n'avaient simplement pas idée du pourquoi du comment.

Quinze minutes passèrent, durant lesquelles les gardes semblaient avoir redoublé de vigilance. Marie ignorait totalement de quoi il retournait et Tiago n'avait changé de posture que pour boire une gorgée d'eau. Assis côte à côte, comme deux amis se faisant la tête, ils ne s'étaient pas adressé la parole. Marie en était désolée mais, encore une fois, elle ne savait absolument pas pour quelle raison Tiago pouvait la haïr à ce point. Tout juste se doutait-elle qu'il ne figurait pas parmi les plus grands partisans d'Areva. Cela se comprenait, d'autant plus lorsque l'on disposait d'une telle capacité d'indignation.

- Tiago ?

Il ne répondit pas dans un premier temps. Il n'était pas encore prêt. Déçue et inquiète, Marie accentua son approche.

- Tiago, réponds-moi. Regarde-moi.

D'un geste brusque et nerveux, il leva les yeux vers elle. Des yeux gorgés de sang, emplis de larmes et de sueur. Il avait le faciès d'un jeune veuf. Soudain habité d'une énergie folle, il se redressa et pivota légèrement pour se trouver quasiment face à face avec elle.

- Voilà, je te regarde.

Marie était vraiment attristée par son attitude. D'autant que son incompréhension ajoutait au tragique de la situation.

- Raconte-moi Tiago. Dis-moi pourquoi tu es si bouleversé. Je me doute bien que ça a un rapport avec mon travail, mais il doit bien y avoir quelque chose que tu ne me dis pas.

Tiago sembla se calmer. Rien qu'un peu, mais de quoi aborder la suite avec sérénité. Il reconnaissait, non pas qu'il s'était emporté à tort, mais qu'il n'avait pas pris le temps d'expliquer à Marie les raisons de sa colère. Il se racla la gorge et, malgré un regard toujours dur, entama son récit.

- Ça a commencé il y a un peu plus d'un an... »

L'atmosphère moite de la cellule faisait frissonner Tiago. Boubacar, lui, ne bronchait pas. Tout à sa réflexion et son angoisse, il demeurait stoïque, assis dans le coin de la pièce, veillé par son vain sauveur, allongé, quant à lui, sur la couche de fortune. Chacun était perdu dans ses pensées et Tiago rompit le silence qui s'était installé depuis quelques minutes.

« Boubacar ?

- Oui ?

- Raconte-moi Imouraren...

- Comment ça ?

- Raconte-moi comment c'était de vivre là-bas. Comment était ta vie chez toi.

116

Boubacar replia ses jambes contre son buste en poussant une grande respiration. Manifestement, cette requête lui coûtait. Mais l'insistance de Tiago le poussa à satisfaire sa curiosité.

- Le matin, il fait chaud. On est réveillés dès l'aube. Le soleil brille sur les terres sèches. Mais comme ça, elles semblent moins dures, moins rudes. Au réveil, je buvais un peu d'eau et j'allais en apporter à mes frères et sœurs. Comme je suis le plus jeune, c'était mon rôle. Quand on a une famille aussi grande, c'est difficile de trouver sa place. Moi, j'apportais l'eau.

- Et ensuite, tu faisais quoi ?

- On mangeait un petit peu, ensemble, le plus souvent en silence. Il n'y avait pas grand-chose à dire, de toute façon. Moi, j'aimais bien m'installer à l'entrée de la maison et regarder dehors. Tu sais, Imoura-ren n'a rien de plus beau ou de plus moche qu'un autre endroit du monde. C'est un lieu normal. Mais moi, je l'aimais bien. C'est là que je suis né, c'est là que j'ai gran-di. Et j'aurais bien aimé y faire ma vie.

- Je comprends.

- Je ne suis pas sûr que tu comprennes. Je ne sais pas si tu peux comprendre. Je crois que la vie n'est peut-être pas plus difficile

117

pour nous que pour vous. Mais elle est dif-
férente, c'est sûr. Un homme qui a mangé
toute sa vie de la viande sera malheureux de
n'avoir que du pain un jour. Mais un
homme qui n'a mangé que de la boue et du
sable sera comblé devant un morceau de ce
pain-là. C'est comme ça. On ne peut pas se
comprendre.

- Au moins on essaye.

- Oui. C'est une bonne chose, je crois.

Boubacar marqua un temps pensif. Il prit sa
respiration, avala sa salive et poursuivit.

- Après, avec mes frères et sœurs, on partait
travailler. Moi, je travaillais dans la mine
qui est aujourd'hui aux Français. Deux de
mes frères aussi. Les autres allaient au
champ, sauf ma plus grande sœur. C'est la
maîtresse de l'école. Les journées étaient
difficiles mais avec le temps on s'habitue.
Avec le temps, on s'habitue à tout. Et puis
le soir, quand on rentrait, on se racontait
nos journées en famille ou, souvent aussi,
on passait nos soirées avec des amis.

- Et toi, tu en avais des amis ?

- J'en avais deux, oui. Abdoulaye et Morlaye. On se connaissait depuis notre enfance. Quand on se retrouvait, le soir, on
discutait de nos vies, des femmes que l'on

aimait et du jour où on serait riches. On rigolait beaucoup. Aujourd'hui, je ne me souviens plus vraiment à quoi ça ressemble.

- A quoi ressemble quoi ?

- De rire comme ça, entre amis. Ça fait tellement longtemps…

- Et tes amis ?

- Abdoulaye et Morlaye ?

- Oui. Ils sont où ? Qu'est-ce qu'ils sont devenus ?

- Rien. Je veux dire… pas grand-chose. Ils travaillent à Imouraren. Pour les Français.

- Et pas toi…

- Et pas moi…

Boubacar exprima un regret manifeste à cette idée. Il semblait éprouvé physiquement, marqué par son récit et sa nostalgie.

- Tu parlais des femmes tout à l'heure. Il y en a bien une qui te plaisait non ? Tu t'es peut-être marié d'ailleurs ?

- Non, je ne me suis jamais marié. Mais j'aimais une femme, avant. Une belle femme. Mata. Elle s'appelait Mata. Elle aussi, je la connaissais depuis mon enfance. Il faut dire que quand on naît à Imouraren, on y vit toute sa vie. Et il n'y a pas beaucoup d'arri-

vées non plus. Mata, elle, n'est jamais partie. Elle y est restée.

- Elle y est toujours ?

- Non. Elle est morte.

Boubacar avait prononcé ces derniers mots
avec une froideur rompue. La douleur du souvenir
avait été totalement contenue. Tiago, lui, fut soufflé
par la réplique.

- Je sais ce que tu penses, Tiago. Mais ne
t'inquiète pas, ce sont des choses qui ar-
rivent. Elle est tombée malade et elle est
morte. J'ai grandi dans une région du
monde où la mort est moins catastrophique
qu'ici.

- Mais ça a dû être terrible…

- Oui, j'ai souffert. Oui, je l'ai aimée. Mais
elle non. Elle savait bien ce que je ressentais
pour elle, mais elle ne m'a jamais répondu.
On ne l'a jamais vue avec un homme. Elle
restait avec ses amis, sa famille. Mais on dirait qu'elle n'a jamais connu l'amour. C'est
un peu triste.

- Et comment ça s'est passé quand tu es parti d'Imouraren ?

- Décidément, tu poses beaucoup de questions !

- Oui, je suis curieux par nature.

- Et bien ça s'est passé plutôt vite. Un jour, le chef des ouvriers est venu nous voir en nous disant que la mine avait été vendue à une entreprise française. Nous, on ne s'intéressait pas trop à ce genre de choses. Mais il nous a dit que les Français arriveraient bientôt et que tout le monde ne garderait pas son travail. Il y a eu un petit moment de panique chez les ouvriers et puis chacun est retourné travailler. Deux jours après, les Français sont arrivés et, dans l'après-midi, le chef des ouvriers m'a dit à moi et à quelques autres que notre travail ici était fini et que c'était une décision des Français.

- Je suis désolé Boubacar. C'est comme ça que fonctionne le monde de l'entreprise chez nous. Mais tu m'as dit que tu avais été chassé par les Français…

- Oui, c'est vrai. Enfin, en quelque sorte. Disons que quand j'ai perdu mon travail, les gens ne me regardaient plus de la même façon. Je n'avais plus rien à faire. Dans les champs, il n'y avait plus de place pour moi. J'hésitais à partir, mais mes frères et sœurs ne voulaient pas.

- Pourquoi es-tu parti, alors ?

- Un jour, un de mes frères a été malade. Il l'a dit au nouveau patron de la mine, un Français. Et il a été renvoyé. Juste parce qu'il avait été malade. Après ça, pendant plusieurs jours, mon frère est resté au lit. Il ne pouvait presque plus se lever. Et puis le médecin a fini par venir et nous a dit qu'il ne survivrait pas. Le lendemain, mon frère était mort. Le médecin nous a dit qu'il avait attrapé un grave virus mais aussi que la perte de son travail l'avait beaucoup touché. Ma famille était effondrée et n'avait plus beaucoup d'argent. C'est pour ça que j'ai choisi de partir. C'est pour ça que j'ai vécu dans la rue, ici. Pour pouvoir envoyer de l'argent à ma famille, au Niger. Je me suis dit que si je venais travailler honnêtement en France, c'était un peu comme la justice par rapport à ce que les Français nous avaient pris.

Tiago, toujours allongé, restait impressionnée désordre du monde… Il murmura une phrase qui l'avait toujours rendu furax.

> - La France ne peut pas accueillir toute la misère du monde…
>
> - Pardon ?
>
> - Non rien. Une connerie que j'ai entendu à l'occasion… Je suis désolé Boubacar. Je ré-pète des conneries. Je crois que ce monde n'est pas pour nous. »

Tiago, allongé sur le lit, les yeux embués, et Boubacar, prostré dans le coin de la pièce et nostalgique, restèrent une fois de plus silencieux. Quelques minutes. Comme un geste de respect envers le frère de Boubacar, envers Mata, envers tous les morts d'Areva…

Marie demeura, elle aussi, silencieuse. Mais ce deuil-là n'avait rien à voir. L'agitation grandissante des gardes autour d'elle n'avait pas perturbé sa concentration. Elle avait bu les paroles de Tiago et s'en trouvait maintenant bouleversée. Malgré elle, sa conscience, tapie au fond, tout au fond de son esprit, avait fait écho à l'histoire de Boubacar. Elle s'était même surprise à éprouver une sorte de tristesse à son écoute.

« C'est une histoire horrible.

Tiago lui jeta un regard plein de reproches. Il avait réprimé sa colère jusqu'ici, mais avait de plus en plus de mal à masquer ses émotions.

- Tu te rends bien compte que tu es responsable de tout ce qui lui est arrivé, ainsi qu'à sa famille ? Et, d'ailleurs, que tu es coupable d'avoir détruit bien d'autres vies encore.

- C'est un terrain sur lequel je refuse d'aller.

Elle était marquée, certes, mais ses mécanismes d'autodéfense étaient intacts. Elle ne voulait pas voir ses retrouvailles avec Tiago se transformer en procès. Elle ne voulait pas être la méchante et, plus encore, elle refusait de croire que ses accusations étaient vraies. Tiago, lui, fulminait de plus en plus et son corps peinait à supporter sa nervosité.

- Evidemment que tu refuses ce débat. Tu sais très bien où ça pourrait te mener. Tu sais parfaitement quel genre de saloperies commet Areva au Niger et ailleurs. Tu sais bien que c'est tout un désordre du monde auquel vous participez, ton employeur et toi.

Son ton s'était, malgré lui, durci. Sa voix était sèche, appuyée et son regard noir comme jamais.

- Ecoute Tiago, tu sais bien que ce genre de choses est inévitable. Ça peut paraître gran- diloquent d'employer des phrases comme celle-là mais, que ça te plaise ou non, c'est vrai. Si je ne faisais pas mon boulot, quel- qu'un d'autre le ferait à ma place.

- La question ne se pose pas. Tu fais ce bou- lot. Tu es coupable de tout ça de par ta po- sition. Que ce soit par aveuglement, pas laxisme ou par authentique complicité.

- Tu ne t'es jamais demandé si, au contraire, je n'essayais pas de minimiser ce genre de pratiques ?

- Si c'est le cas, tu n'es vraiment pas douée pour ça.

A présent, la discussion s'était faite débat. Les accusations étaient cassantes et la défense énergique. Pour le cas de Tiago, le ton était même devenu franchement haineux.

- Je vais être honnête avec toi, poursuivit Marie. Je sais que si on regarde les choses objectivement et humainement, ce monde ne tourne pas tout à fait rond.

- C'est le moins que l'on puisse dire.

- En effet. Et je sais aussi, bien sûr, qu'Areva a une responsabilité là-dedans, et notamment dans le désastre de la vie de Boubacar. Mais ni toi, ni moi n'y pouvons rien. Et j'estime, de mon côté, qu'il vaut mieux essayer de se faire sa place dans ce monde en faisant quelques concessions vis-à-vis de sa conscience. Ça ne sert à rien de ruminer les injustices dans son coin en refusant de prendre part à ce désordre. C'est stérile. Il n'y a aucune solution, ni pour nous, ni pour n'importe quel Président des Etats-Unis, ni pour n'importe quel Secrétaire général de l'ONU. Alors on a deux choix : soit on s'y fait, on avance et on vit sa vie, soit on boude dans son coin, on pleure devant chaque JT et on est malheureux.

Tiago s'était légèrement calmé et reconnaissait, dans les paroles de Marie, à la fois une certaine logique et un assujettissement insupportable. Il ne savait pas par quel bout entamer la défense de son point de vue, tant les différences semblaient profondes. Il se sentait fatigué et las, tant par la difficulté de la situation que par l'ampleur de la tâche qui s'offrait à lui.

- Il y a un homme qui a dit, un jour, « qui sauve une vie sauve l'humanité toute entière ». J'ignore d'ailleurs si c'est la légende qui prête cette phrase à Schindler ou s'il l'a réellement prononcée. Pour revenir à ce que tu disais, je choisis une troisième voie. Celle de ne pas accepter un pouce de l'ordre mondial, de ne tolérer aucune injustice et de se battre à son échelle contre ce bordel. Et ça a ses avantages. D'abord, je légitimise mes prises de positions en appliquant à moi-même ce que je préconise pour tout un chacun ; et ensuite, je fais mon possible pour améliorer le quotidien d'un maximum de personnes, à mon échelle. Si je rends la vie de trois personnes meilleures, ce sera toujours ça de pris. Si ta conscience accepte que tu sois directement, et je dis bien directement, coupable de ruiner des dizaines, peut-être des centaines de vies, tant mieux pour toi. Mais je crois que, tôt ou tard, ça te rattrapera. Quand tu seras

au bout de ta vie, demandé combien de ca-
davres tu auras laissé derrière toi pour satisfaire ton ambition ?

- Certainement pas ceux des enfants que
j'aurais pu élever dans de bonnes conditions. En mourant, je me dirais que j'ai eu
une belle et heureuse vie, et que j'ai été
quelqu'un.

- Alors si tu arrives à être heureuse en exer-
çant ton métier, si tu parviens à regarder ta
nouvelle montre et à ne pas penser au sang
versé pour pouvoir te l'offrir, tu es un
monstre. Lorsque tu choisis d'exploiter le
filon d'Imouraren dans de telles conditions,
c'est comme si tu tenais le couteau entre tes
propres mains. Comprenons-nous bien : il y
a une très importante frange de la population qui serait plus que fatiguée d'entendre
un discours comme celui-là. Je sais que ce
n'est pas très tendance de dire que des gens
meurent de faim en Afrique. Mais merde,
tout le monde le sait et personne ne fait
rien ! Est-ce que c'est normal ? On sait tous
parfaitement ce qu'il se passe, partout. Et
on ne fait rien. Tout juste 20 euros filés au
Téléthon tous les ans. Et voilà, conscience
sauve. Ce n'est pas comme ça que je vois les
choses et je pense que, oui, en montrant
l'exemple et en me dévouant pour un cer-

tain idéal, j'entraînerai des gens avec moi.
Qui sauve une vie, sauve l'humanité toute
entière. Moi, j'y crois.

Marie prenait parfaitement au sérieux ce que lui
disait Tiago. Loin de le prendre de haut ou de considérer ses paroles comme autant de prêche idéaliste, elle
acceptait bien volontiers d'y voir un discours censé et
cohérent. Simplement, elle ne le partageait pas.

- Tout le monde n'a pas ta force, ta conviction ni ton courage. Tout le monde n'a pas
ta conscience. Et je suis à peu près sûre que
ton exemple sans médiatisation n'inspirera
personne. Tu n'iras nulle part sans conces-
sion.

- C'est là que nous sommes totalement différents. Là où moi je ne fais aucune conces-
sion, comme tu dis, toi tu en fais trop. Tu
ne fais même que ça. J'espère juste sincèrement que tu réalises à quel point tu es inhu-
maine.

- Et j'espère que tu réalises toi à quel point
tu es jusqu'au-boutiste. Le monde avance,
dans le mauvais sens si tu veux, mais il
avance. Et ton combat est inutile. Tu l'as
perdu d'avance.

- Mais de quel combat tu parles ? Je ne
mène aucun combat. J'ai choisi de donner
corps à mes idées, de ne pas vivre de com-

promis quelconques ou de complaisance masquée. J'assume pleinement ma nature, ce que toi tu ne feras jamais à cause de toute une série de caractéristiques que je méprise. Oui, je suis désolé d'être aussi direct, mais je te méprise à plus d'un titre. J'ai choisi, moi, d'essayer de changer les choses à mon échelle. Si ça fonctionne, tant mieux. Sinon, et bien j'aurais peut-être rendu un quotidien ou deux meilleurs.

- Quitte à sacrifier ta propre vie ?

- Fais le calcul : si j'améliore trois ou quatre vies en sacrifiant la mienne, comme tu dis, j'aurais gagné. Quant à ma vie, elle n'a pas d'intérêt. Du moins, elle n'en a plus.

L'expression de Marie trahît un mélange d'inquiétude, d'intrigue et de surprise. Tiago, lequel détourna le regard afin de minimiser l'impact de sa dernière remarque. Mais le mal était fait. Marie, qui contrairement à lui avait gardé sa courtoisie tout au long de l'échange, le dévisagea et revint à un ton malgré tout plus cordial.

- Tu m'expliques ?

- Il n'y a rien à expliquer.

- Qu'est-ce que tu veux dire par « ma vie n'a plus aucun intérêt » ?

- Rien de plus que ce que j'ai dit.

L'un comme l'autre restait campé sur ses positions. Elle dans celle de l'interrogatoire, lui dans celle du refus borné. La scène se figea ainsi quelques minutes, dans un mélange de bouderie, de réflexion et de reproche muet.

Autour d'eux, les membres du vol vers Niamey n'avaient pas vraiment évolué, mais semblaient de plus en plus intrigués par l'agitation toujours grandissante des gardes. Ceux-ci avaient troqué leurs blagues pour de graves échanges ponctués de secouements de têtes et de soupirs profonds. De temps à autres, un autre garde passait de groupe en groupe, donnait quelques informations et repartait. Pas de doute, quelque chose de passait de leur côté, ce qui eut au moins le mérite de donner aux passagers en transit quelque chose à observer. Le couple de retraités, la famille paisible et Jean n'avaient d'ailleurs d'yeux que pour la scène se déroulant devant eux. Avec un brin d'inquiétude, toutefois, trahie par les visages contrits. Tiago et Marie avaient bien sûr remarqué tout ceci et n'interrompaient leurs réflexions que pour s'assurer que rien n'évoluait de ce côté-ci.

- Allons Tiago. Dis-moi pourquoi tu as dit ça...

Il n'en avait évidemment aucune envie. Mais Marie persistait, surtout après ces minutes de silence, et elle entendait bien avoir raison de son entêtement à lui.

Il entreprit de se tourner une énième fois vers Marie, résigné à lui confier la dernière part de mystère de son récit. Mais son mouvement fut interrompu par l'entrée fracassante d'un garde jusqu'ici inconnu des passagers. En sueur et manifestement alarmé, il bégaya quelques mots à un groupe de ses collègues, et provoqua une panique commune. Marie et Tiago se joignirent aux spectateurs de la scène. Les palabres des militaires semblaient presque comiques à quiconque ignorait l'arabe. Ce qui, de toute évidence, était le cas de la majorité des membres du vol vers Niamey. Marie regarda Tiago avec un air totalement neutre et celui-ci lui rendit un rictus moqueur. De concert, bien que pour différentes raisons, ils éclatèrent de rire et se regardèrent, complices. Même si, tôt ou tard, les sujets difficiles reviendraient, ils ne pouvaient ignorer qu'un lien affectif les unissait. Tiago finit, enfin, par se tourner vers Marie et s'adressa à elle dans un sourire.

- Je te le dirais… Mais pas tout de suite ».

Fatigué par ces émotions, il s'enfonça légèrement dans son siège et ferma les yeux. Son corps avait besoin de repos régulier. Sa convalescence n'était pas finie et son esprit galopait toujours à une vitesse qu'il ne contrôlait pas. A un certain niveau, cela s'avérait non seulement épuisant, mais aussi réellement douloureux. Dans un soupir, il marqua le sommeil dans lequel il venait de sombrer.

Marie, elle, le regarda s'endormir. Le sourire dont elle avait gratifié Tiago laissait maintenant place à

131

une mine inquiète. Elle savait, dans une certaine mesure, ce qui avait pu arriver à son ami d'enfance. Elle se doutait qu'il y avait quelque chose comme une tentative de suicide là-dessous. Et ce n'étaient pas les profondes cicatrices aux poignets que la chemise de Tiago laissait paraître par instants qui réfutaient cette idée.

Une sueur froide lui parcourut le dos et la ramena à son inquiétude la plus profonde. Car, plus que le mal-être de Tiago et le retard de la correspondance, quelque chose la perturbait. Quelque chose qui, elle le savait pour connaître un peu les particularités locales, était susceptibles de rendre leur escale très problématique. Son angoisse tranchait avec l'amusement des autres passagers, eux qui en étaient restés à la scénette cocasse qui se déroulait devant eux. Ils ne se doutaient de rien, et pour cause : contrairement à Marie, eux ne parlaient pas arabe…

5 – Turbulences

Quelques minutes suffirent à rendre l'atmosphère totalement délétère. Les uniformes s'étaient multipliés et implacablement placés devant les issues. Désormais, quiconque voulait quitter le hall devrait faire face à une haie militaire.

Marie en avait des sueurs froides. Elle qui avait suivi distraitement les conversations des gardes depuis près d'une heure connaissait l'essentiel de la situation. Et celle-ci n'incitait pas à l'optimisme. D'ailleurs, la sérénité de la famille voisine, la colère de Jean et la complicité du couple de retraités s'étaient toutes envolées pour laisser place à une angoisse grandissante et une oppression bien compréhensible. Seul Tiago, solidement plongé dans son sommeil, n'avait pas conscience de la mise en place lente, précise d'une forme de blocus autour d'eux.

« Vous avez une idée de ce qu'il se passe ?

Une fois de plus, Jean trouva le moyen de faire sursauter Marie. Elle détestait ça, et son humeur s'en trouva encore assombrie.

- Non, je n'en sais rien mais ça ne me dit rien de bon.

Son mensonge était ponctué d'une touche d'agressivité. Jean ne s'en offusqua pas mais sembla remarquer que quelque chose qui clochait. Il s'avérait être aussi bon juge de la nature humaine qu'elle le craignait. Il détourna le regard vers Tiago et sourit.

- En voilà un qui ne va pas nous aider.

- Non, en effet. »

Une nouvelle fois, le ton employé n'enjoignait pas à la conversation. Elle était bien trop préoccupée, bien trop agacée, bien trop fatiguée pour jouer une autre partie avec Jean. Et malgré toute la bonne foi dont il semblait faire preuve, rien n'y faisait. Jean attendit quelques secondes pour voir si la conversation s'engageait d'elle-même mais, une fois le mur heurté, il salua la jeune femme et poursuivit son investigation.

Marie s'en voulait un peu. Pas plus que cela, juste assez pour se sentir malgré tout humaine. Tiago l'avait touchée. Pas suffisamment pour qu'elle remette tout en cause, mais elle en avait été blessée. Un peu. Peut-être parce que c'était lui, le dernier véritable ami qu'elle avait eu.

Derrière elle, la toux de la retraitée reprit. Elle semblait paniquer. Son conjoint faisait de son mieux pour la calmer, mais elle s'agitait de plus en plus et tremblait par instants. Les gardes, eux, ne lui prêtaient qu'une attention modérée. Marie envisagea une seconde de se lever pour l'aider à se calmer mais quelque chose la fit rester sur son siège. Un réflexe d'auto-défense lui disant de ne pas se mettre trop en évidence. Si elle allait porter secours à cette vieille dame, les gardes la verraient comme une meneuse potentielle. Sans compter que sa maîtrise de l'arabe allait forcément être mise à jour à un moment ou un autre. Et alors, tout la désignerait comme un exemple idéal pour les militaires, si le besoin s'en faisait sentir.

« Qu'est-ce qu'il se passe ?

Tiago émergeait doucement de son sommeil. Plus difficilement encore qu'auparavant, il s'étira et se redressa sur son siège. Il consulta sa montre : 21 h 30. « Nous sommes officiellement en retard », pensa-t-il. Il toussa légèrement tout en réalisant, d'un balayage du regard, l'évolution soudaine de la situation.

- Tu es bien reposé ?

Ce soudain et volontaire changement de sujet alarma Tiago. Il se passait quelque chose.

- Marie, qu'est-ce qui se passe ici ? Je peux savoir pourquoi j'ai l'impression d'être en taule ?

- Les gardes ont commencé à s'agiter…

- Oui, ça je vois bien. Mais après ?

- Et bien pas grand-chose. Après, ils se sont encore plus agités, l'un d'entre eux est revenu tout paniqué, il leur a dit un truc et, depuis, ils sont positionnés comme s'ils verrouillaient la salle.

Marie omettait volontairement de révéler tout ce qu'elle avait entendu. Elle ne savait pas trop quoi faire de ces informations et, à vrai dire, elle était paniquée elle aussi. Elle ne voulait en aucun cas provoquer

135

une hystérie collective. Tant qu'elle ne savait pas quoi faire, elle garderait pour elle ses informations.

- Et... C'est tout ? Pourquoi les gens ont l'air de paniquer ?

- Mets-toi à leur place. D'ailleurs, tu y es. On est en Libye, avec tout ce que ça implique de fantasmes, notre correspondance est en retard, on n'a aucune information et là, d'un coup, les gardes s'activent et se postent aux sorties. Franchement, pas de quoi être rassurés !

Tiago était perplexe. Quelque chose à ses yeux clochait. Marie lui cachait quelque chose. Il ignorait de quoi il s'agissait précisément mais il ne se contentait pas de ce qu'elle lui disait. Il observa ce qui se déroulait autour de lui et essaya d'analyser le ton qu'employaient les soldats lorsque cela le frappa.

- Marie ?

- Oui ?

- Tu es bien directrice du pôle Afrique d'Areva ?

- Du département Afrique, oui.

- Et, à ce titre, tu as déjà été amenée à traiter avec des pays maghrébins ?

- Bien sûr oui.

Marie se sentit piégée immédiatement. Elle ne pourrait pas lui mentir éternellement. Il était tout sauf stupide et il aurait été vain de le considérer comme tel. Tiago, lui, la gratifia d'un sourire ne signifiant rien d'autre que « je sais que tu sais que je sais ».

- Et tu ne parles *vraiment* pas un mot d'arabe ?

L'agitation régnant à leurs côtés ne leur importait plus. Ils se fixaient, lui sûr de son fait et bouillonnant de rage, elle embarrassée et confuse. Les scenarios les plus loufoques défilèrent dans l'esprit de Tiago. Du fait qu'elle ne sache, effectivement, pas parler arabe jusqu'à la collusion la plus abominable, celle qui la rendrait complice de l'emprisonnement qu'ils étaient en train de subir. Il avait été tellement abasourdi d'apprendre son rôle au sein d'Areva que sa conscience convalescente était prête à tout encaisser. La Marie qu'il avait devant lui, yeux braqués sur son incrédulité teintée de colère, était-elle complice ou victime ?

L'intéressée, elle, jouait la montre. Elle ne savait pas trop quelle posture adopter. Son mensonge par omission avait été mis à nu et elle ignorait réellement si elle devait assumer frontalement ou continuer de nier. La première solution la hisserait à un niveau de responsabilité qu'elle refusait d'endosser au sein du psychodrame qui se mettait en place. La deuxième lui retirerait le peu de confiance que Tiago était susceptible de toujours placer en elle. Quant au fait de se contenter d'être honnête et de faire ce qu'elle sentait juste, elle n'y pensait même pas. Les relations humaine sous toutes leurs formes prenaient la forme d'une gigantesque partie d'échecs aux yeux de Marie. Et, en l'occurrence, celle qu'elle jouait était perdue. Il ne lui restait qu'à le reconnaître.

- Oui, je parle arabe.

Cet aveu timide fit prendre conscience à Tiago qu'en deux jours, plus de personnes l'avaient surpris qu'en cinq ans auparavant. Mais là où Boubacar avait su conférer à sa vision du monde un aspect optimiste, les coups de théâtre réguliers qui marquaient ses retrouvailles avec Marie n'avaient rien de rafraîchissant. Ils étaient même franchement bouleversants.

- Tu… tu m'expliques ?

- Depuis que tu t'es endormi, les gardes ont commencé à s'exciter de plus en plus…

- Je sais ça !

- Oui, mais je ne t'ai pas menti tout du long. Laisse-moi finir. Donc les gardes ont commencé à devenir nerveux. Comme si quelque chose de très important se passait. Alors j'ai essayé de faire attention à ce qu'ils se disaient.

- Et ?

Marie eut l'air d'hésiter un instant. Elle savait qu'une fois la nouvelle lâchée, elle ne pourrait plus faire marche arrière. Elle aurait pu inventer une nouvelle histoire, mais elle ne voulait même pas savoir où cela la mènerait. Elle serait donc franche.

- Au début, les gardes se sont excités sur une rumeur qui circulait. Apparemment, la France aurait prévu une attaque sur la Libye. Quelque chose de ce genre. C'était assez confus, et je ne suis pas non plus bilingue.

- Comment ça une attaque ? C'est ridicule ! La France n'a aucune intérêt à attaquer la Libye !

- Je sais, mais c'est la rumeur qui circulait. Et plus le temps passait, plus elle gagnait en crédibilité, vu que personne ne la démentait ou ne la confirmait. Ils ont donc envoyé un de leurs collègues aux nouvelles, histoire de savoir à peu près ce qu'il se passe.

- Le petit garde qui circulait de groupe en groupe ?

- Oui…

- Et alors ?

Tiago et Marie étaient tous deux, pour des raisons diverses, inquiets. Là où lui imaginait le pire, elle le connaissait déjà et rechignait à lui en faire part.

- Alors la France n'a, apparemment, pas l'intention de déclarer la guerre à la Libye.

- Oui je m'en doute bien. Ça n'aurait aucun sens.

Tiago sembla quelque peu rassuré, mais le faciès toujours soucieux de Marie lui fit comprendre que si guerre il n'y aurait pas, ils n'étaient pas sortis de l'auberge pour autant.

- Tiago…

- Oui ?

- Je crois qu'on est dans la merde…

Quelques sueurs froides parcoururent cruellement le dos du jeune homme. Il se sentait très mal à l'aise et impatient. Il ne savait pas à quel jeu jouait Marie mais il voulait que ça cesse. Sa nervosité devenait manifeste. Autour d'eux, les autres membres du groupe se regardaient, à la recherche de réponses quelconques. Tiago ne se préoccupait pas d'eux. Chaque chose en son temps.

- Ben alors ? Raconte-moi !

- Souviens-toi avant tout que ce que je sais ne vient que de la bouche des militaires et qu'il n'y a donc rien de sûr.

- Oui oui, raconte !

Marie se redressa sur son siège et s'éclaircit la voix. Elle souffla et se tourna, très calmement, vers Tiago. Elle semblait soudain froide, glaciale et, dans son cas précis, professionnelle.

- D'après ce que disent les gardes, Saïf Kadhafi, le fils de l'autre, a été arrêté à Paris.

Tiago se mit à tousser, littéralement étouffé par la nouvelle. En suiveur de la géopolitique et des relations diplomatiques, il réalisait très bien l'incongruité de la nouvelle.

- Saïf Kadhafi ?

- Oui.

- Saïf al-Islam, le fils de Mouammar Kadhafi ?

- Oui.

- Saïf, j'ai un visa diplomatique en béton armé dans mon portefeuille, Kadhafi ?

- Mais enfin oui, si je te le dis !

Tiago se mit à sourire nerveusement. Il n'en croyait pas ses oreilles. A moitié grisé par l'énormité de la chose, il en oublia quelques instants où il se trouvait.

- Et il a été arrêté quand ?

- Apparemment, il y a quelques heures de cela.

- Putain…

- Comme tu dis.

- Et tu n'aurais pas la moindre idée de la raison de son arrestation ?

- Non, ça je l'ignore… Mais ce que je sais, c'est que les militaires ont l'air remonté comme des pendules. Et ils ont comme une très grande envie de nous foutre en taule. »

Tiago récupéra ses esprits immédiatement. En effet, et comme l'avait dit Marie, ils étaient dans la merde. Il était inutile d'espérer sortir de là sans avancée diplomatique majeure. Saïf était le fils préféré du colonel Kadhafi, celui qu'il avait désigné pour prendre sa succession. S'il venait à lui arriver malheur, Tiago ne donnait pas cher de la liberté de l'ensemble des membres du vol.

Ses pensées défilèrent très vite. Ils se trouvaient dans l'obligation quasi vitale d'anticiper ce qui allait arriver. Les hypothèses étaient nombreuses. Premièrement, tout ceci pouvait être parfaitement faux. Tiago tentait de se rassurer en se disant que c'était le cas de figure le plus probable. Car, à moins d'un attentat en direction de l'Elysée, il ne voyait pas bien pour quelle raison Saïf Kadhafi ait bien pu être arrêté. Il lui semblait avoir lu quelque part qu'il s'agissait d'un homme excentrique, certes, mais parfaitement censé. Tout sauf un terroriste ou un meurtrier. Du moins, hors des frontières libyennes.

Inversement, il ne pouvait pas non plus tout miser là-dessus. Et si Saïf Kadhafi était bel et bien emprisonné en France ? Tiago frissonna à cette idée. Le pouvoir libyen n'avait jamais reculé devant un excès pour montrer ses muscles et mettre la pression sur la scène diplomatique. Si la France détenait son fils, il y avait de fortes chances pour que le colonel tente de jouer l'intimidation. Et il se trouvait qu'il avait justement quelques Français à disposition dans son aéroport...

Tiago réfléchît quelques instants à la situation et, après quelques secondes, se leva pour faire quelques pas.

Marie, elle, n'avait pas bougé et s'efforçait de ne pas penser. Ou, tout du moins, pas trop. Elle avait une peur panique, pour bien le connaître, de la démence du régime libyen. Mieux que quiconque dans ce hall d'aéroport, elle pouvait mesurer de quoi il serait capable si tout cela dérapait encore plus. Elle tremblait à l'idée d'être jetée et oubliée dans une geôle locale. Quelques étirements ne suffirent pas à ôter la tension musculaire qu'elle ressentait. Elle décida donc de se lever, elle aussi, afin de se dégourdir les jambes.

Autour d'eux, la situation n'évoluait plus. Les gardes continuaient de mettre une pression intense sur le lieu. Ils ne discutaient plus suffisamment pour permettre à Marie de collecter de nouveaux éléments. Mais leurs regards trahissaient de la colère et de la concentration. Ce qui, pour Tiago et Marie, ne voulait rien dire d'autre que l'évidence : ils étaient, bien sûr, sous ordres.

Les deux septuagénaires s'étaient endormis, sans doute épuisés par l'intensité de la situation. Leurs visages paisibles représentaient la seule manifestation de sérénité à 100 mètres à la ronde. Coincés entre colère, haine, anxiété, stress, ils paraissaient tels deux anges au milieu d'un champ de bataille. Touché et amusé, Tiago ne put s'empêcher de sourire à leur vue.

De l'autre côté du hall, Marie ne ressentait que de l'envie. Elle aussi aurait voulu dormir…

Quant à la famille, elle ne dégageait plus du tout la moindre impression de calme. Le père semblait produire un effort intense pour ne pas se mettre à hurler, la mère joignait ses larmes à celles de son enfant qu'elle tenait dans ses bras. Quant à la plus jeune des filles, elle était dépassée par les évènements, mais les mines de ses parents lui indiquaient que son monde manichéen d'enfant venait de basculer de l'autre côté.

« Alors, mon ami…

- Oh putain !

Tiago n'avait pu réprimer ce juron. Il ignorait de quelle manière Jean opérait pour être systématiquement derrière lui, mais son extrême nervosité, associée à la surprise le firent sursauter. Quant à l'impolitesse, elle s'effaça à mesure que le sourire amusé de Jean s'accroissait.

- Désolé, je ne voulais pas te faire peur.

- Non, c'est moi qui m'excuse, je suis un peu tendu…

- Oui, on l'est tous un peu.

- Comme tu dis.

Les deux hommes s'assirent à quelques mètres du couple de retraités. Tiago se tenait la poitrine, toujours sous le choc.

- Alors ? Tu as une idée, toi, de ce qu'il se passe ?

Contrairement à Marie, il n'hésita pas un instant à confesser tout ce qu'il savait. Ils auraient besoin d'impliquer tout le monde afin de mieux gérer la suite des évènements. Visiblement intelligent et raisonnable, Jean pourrait s'avérer très précieux.

- Saïf Kadhafi, le fils du colonel Kadhafi, serait emprisonné en France.

- Comment tu le sais ?

- Marie parle arabe.

- Ah ? Bon…

Jean ne sembla pas plus touché que cela et Tiago se trouva soufflé par le calme de son interlocuteur. Il ne pouvait pas ne pas mesurer la portée de la chose et, pourtant, il prenait tout ça très sereinement.

- « Ah bon ? » C'est tout ce que tu as à dire ? « Ah bon ? »

- Comment ça ? Je devrais dire quoi ?

- Et bien je ne sais pas ! On est des Français coincés dans un aéroport libyen. Le fils préféré du dictateur cinglé de ce pays vient d'être mis en prison par notre pays. Au milieu de tout ça, il y a nous. Et les gardes semblent d'accord. On est de la chair à canon pour le régime de Kadhafi.

Jean sourît aux paroles paniquées de Tiago. Il semblait d'un calme absolument olympien. Comme s'il contrôlait la situation ce qui, de toute évidence, n'était pas le cas.

- Ne panique pas…

- Comment ça ne panique pas ? Mais… Tu… Tu as entendu ce que je viens de dire ?

- Oui, j'ai parfaitement entendu. Maintenant, toi, écoute-moi. Même si c'est vrai que Saïf est en prison en France, ça ne pourra pas durer. Les deux pays sont forcément en pourparlers. De toute façon, j'imagine qu'il s'agit d'une erreur quelconque. Saïf est la caution diplomatique de son père. Il n'a ni le tempérament, ni l'autorisation pour déraper. Dans ce cas, j'imagine qu'on va être coincés ici un moment mais je ne me fais pas de souci pour nous. Ça va aller. »

Tiago resta bouche bée. Comme si les choses étaient aussi simples ! Il eut envie de répondre à Jean mais son bon sens lui dit que non seulement il n'avait pas envie de se lancer dans un débat sur leurs chances de survie, mais il se pourrait que l'optimisme et le calme de Jean soient salutaires lorsque les autres membres du vol apprendraient la nouvelle.

A nouveau perdu dans ses pensées, il resta silencieux quelques minutes. A ses côtés, le barbu obser-

vait les alentours. Et ne laissait absolument rien transparaître.

Soudain, une légère agitation sembla naître dans
le groupe le plus proche d'eux. Le regard surpris de
Tiago croisa celui de Marie, debout à quelques mètres
de là. Les militaires parlaient de plus en plus énergiquement et certains semblaient même se disputer.
L'un d'eux sortit du groupe pour aller parler à
d'autres de ses collègues, lesquels se mirent à leur
tour à s'expliquer. Naturellement, ni Jean, ni Tiago
ne comprenaient un mot de ce qui se disait. Tout juste
percevaient-ils l'extrême tension des gardes et leur
agressivité grandissante. Un vrai bonheur, en somme.
Mais, alors que Tiago se liquéfiait à chaque hausse de
ton, Jean conservait une posture imperturbable, agré-
mentée, par moments, d'un sourire amusé. Le
contraste entre les deux hommes aurait prêté à sourire
en d'autres circonstances. Mais Tiago ne pouvait plus
le quitter des yeux. Il était comme subjugué par son
voisin. « Il est complètement dingue, ce mec », murmura-t-il....

L'agitation avait repris depuis une dizaine de minutes mais n'était pas retombée, cette fois-ci. Pas de
quoi rassurer la population du hall, mais au moins
l'agressivité et l'excitation manifestes des gardes ne se
tournaient pas vers eux. Pas encore, en tous cas.

Jean et Tiago étaient assis côte à côte, l'un renversé sur son siège, dans une position de décontrac-

tion presque surjouée, l'autre replié sur lui-même, contemplant le sol dans une méditation profonde. Marie, elle, était restée de l'autre côté de la salle, à proximité d'un groupe en uniforme. Tiago était impatient d'avoir le rapport de sa traductrice attitrée. Il regarda Jean encore une fois et ne put s'empêcher de penser que ce grand malade s'amusait réellement de toute cette situation. Comment expliquer autrement sa décontraction ? Il se refusait toujours à considérer que son optimisme était exagéré et préférait croire qu'il savait quelque chose que lui ignorait. D'une manière générale, il suscitait déjà une forme de doute. Mais à cet instant, cela lui sautait aux yeux. Ca, ou quelque chose comme un talent de comédien absolument prodigieux.

L'esprit de Tiago, lui, nageait toujours dans les mêmes eaux. Un pessimisme résigné, teinté d'amertume et d'aigreur. Il connaissait le monde, les données géopolitiques, les intérêts particuliers, les lobbies, la soif de pouvoir intrinsèque à l'Homme, il savait tout cela. Mais tout bien informé qu'il était, il n'avait tout simplement jamais réussi à s'y faire. C'était comme cela, toutes les inadaptations ne se résolvent pas avec les temps. Il ne pouvait pas s'y résoudre et ne pouvait pas complétement fuir. Il savait que Kadhafi voudrait venger l'arrestation de son fils en menaçant des ressortissants du pays ciblé. C'était logique, en connaissant les rouages, mais il ne parvenait pas à s'y résoudre. Cela lui échappait totalement. Un tel mépris de l'autre ne pouvait pas être une fatalité pour lui. Son esprit fonctionnait comme ça, dans une forme d'utopie disparue. Il regardait autour de lui et ne voyait que la haine face à la peur, un schéma classique à peine altéré par les particularismes locaux et les rapports de force. Cette torture permanente d'observateur privilégié du désastre humain aurait dû le rendre malheureux. Mais s'il l'était, effectivement, c'était plutôt pour une autre raison : il plaignait son prochain. Il ressentait une pitié compassionnelle pour toutes les victimes incapables de s'insurger contre leur injustice. Et s'il éprouvait une forme de frustration à se voir nargué par la hauteur de Jean et l'insolent bonheur de Marie, il savait que leur conscience les rattraperait, tôt ou tard. Il y avait quelque chose comme un complexe de supériorité là-dedans. Quelque chose qui faisait qu'en aucun cas il n'aurait échangé son malheur clairvoyant contre un bonheur aveugle. Là encore, cela était inscrit en lui, sa malédiction vouée à le torturer éternellement. Le prix à payer d'une trop grande sensibilité, d'une intelligence mal placée. Mais personne ne lui avait laissé le choix, alors il s'y était fait. Tiago pensait constamment à cela, à ses réactions, à ses postures. A ses contradictions. Il s'auto analysait dans une dérive quasi schizophrénique. Il s'imaginait, refaisant les scènes auxquelles il avait participé, se demandant ce que telle réponse aurait induit, ce que telle gestuelle aurait provoqué. Il avait fini, au fil du temps, par se lasser des regrets pour se complaire dans une simple curiosité. Si c'était à refaire, il changerait tout, c'était évident. Mais la question ne se posait pas et il satisfaisait l'activité frénétique de son cerveau par son imagination. Que se serait-il passé s'il n'était pas descendu aider Boubacar ? Et il se revoyait avachi dans le canapé de Bruno quelques semaines de plus, jusqu'à l'inéluctable déclic. D'une certaine façon, le voyage qu'il entreprenait constituait une issue inévitable, un point de passage obligé de la thérapie qu'il s'infligeait.

Son cerveau vaquait, indépendant, bête furieuse qu'il n'avait jamais su domestiquer. Personne ne pouvait se douter des fulgurances dont il était auteur et victime à la fois, et rien, pas même sa faiblesse physique, n'empêchait son esprit de fuser. Par plus d'un aspect, Tiago était un génie. Mais un génie torturé, incapable de tirer la quintessence d'un potentiel extraordinaire. Le monde l'avait tenu en respect et jamais personne ne saurait de quoi il était véritablement capable. Jamais. Personne. Pas même lui-même.

« Voilà Marie, voilà à quoi ressemble le monde tel que tu le vis... » Il lui en voulait. Atrocement. Physiquement. Après tout ce qu'il avait enduré ces derniers mois, cela aurait dû n'être qu'une déception de plus. Mais il s'interrogeait. Il avait connu Marie du temps où celle-ci emmerdait le système aussi sèchement qu'un adolescent peut le faire. Par son look, son attitude, son anticonformisme, elle s'était imposée à son regard. Il l'avait appréciée d'emblée, subjugué son indignation. Probablement, sans doute, que la douleur qu'il ressentait lui venait de cette évidence : il était bel et bien le fruit de sa rencontre avec Marie. Ou, tout du moins, pour partie. C'est en s'inspirant d'elle qu'il avait trouvé la volonté de donner corps à ses idéaux et de vivre en les respectant à la lettre. Il s'était perdu en cours de route, mais cela faisait bien partie intégrante de sa nature. Aujourd'hui, Marie était numéro 1 du département Afrique d'Areva. L'antichambre de l'enfer à ses yeux. Le laboratoire du pillage à l'échelle continentale. Il ne connaissait pas plus qu'un autre les détails de l'exploitation du Niger par le géant du nucléaire, mais suffisamment pour savoir à quoi s'en tenir. Et désormais, il se trouvait être l'ami d'enfance de la personne qu'il aurait dû le plus détester. Même s'il n'y parvenait pas, la douleur était là, présente.

L'intéressée fit irruption à grandes enjambées devant eux, surprenant les deux hommes dans leurs postures respectives. Elle semblait encore plus affolée, encore plus inquiète. Cela n'augurait rien de bon et Jean, le premier, l'interrogea.

« Qu'est-ce qui se passe ?

Marie se tourna vers Tiago, lequel lui signifia d'un signe de tête qu'il l'avait mis au courant de la situation. Elle était presque essoufflée et sa posture physique trahissait une très grande crispation. Jean s'impatientait et réitéra sa question, lui proposant de s'asseoir pour se détendre quelques secondes. Elle respira profondément pendant un instant et, une fois son calme reprit, regarda gravement Tiago.

151

- Ce n'est pas une erreur si Saïf Kadhafi est en prison.

- Ah non ?

- Non. Il a été arrêté par la police française parce que...

Elle hésita un instant encore, provoquant des gestes d'encouragements agacés de Tiago. Jean, lui, restait stoïque et, pour la première fois, grave.

- Parce que quoi ?

- Il a tué une prostituée... Aujourd'hui, dans sa chambre d'hôtel... »

6 – Otages

La nuit était totalement tombée, désormais, sur Tripoli. La capitale libyenne rayonnait tant bien que mal dans la pénombre, accentuant la solitude des neuf passagers devenus otages.

Les gardes avaient retrouvé leur calme depuis quelques minutes, mais leur tension et leur colère restaient palpables. Les yeux rougis de fatigue fusillaient les visages blêmes de leurs vis-à-vis français. De fait, ceux-ci ne supportaient pas plus de trois secondes les regards militaires. Lorsqu'ils ne dormaient pas, tous conservaient une expression de parfaite incrédulité face à la pression incroyable qui leur était imposée. Tous, sauf trois d'entre eux, regroupés dans un coin du hall.

Avec une synchronisation étonnante, les postures des deux hommes du groupe s'étaient inversées. Jean était désormais penché sur ses jambes, comme pour empêcher son ventre d'exploser de crispation. Tiago, lui, s'était renversé sur son siège et scrutait le plafond, sans ne rien y chercher. Tous deux n'avaient pas fondamentalement changé d'état d'esprit, mais l'agitation de Jean trahissait une nervosité grandissante. Et pour cause, la principale raison qu'il avait de ne pas paniquer avait volé en éclats.

« Quoi ? Comment ça ?, demanda-t-il.

- Ben qu'est-ce que tu veux que je te dise ?, répondit Marie. J'ai entendu des gardes le dire. Et ils n'ont pas vraiment l'habitude de remettre ce genre d'infos en cause.

Le barbu paraissait de plus en plus nerveux à mesure que les secondes de silence s'égrainaient. Sa certitude que tout cet imbroglio géopolitique n'était qu'un gigantesque malentendu chancelait sérieusement. Et toute la confiance accumulée au fil des minutes s'effondrait avec une ampleur grotesque. Cela amusait Tiago lequel, désormais fixé, se sentait paradoxalement mieux. Il savait maintenant à quoi s'en tenir. Et il préférait ça, finalement.

- Et bien Jean ? Tu ne te sens pas bien ?

Sa moquerie provoqua un léger éclat de rire chez Marie. Jean, lui, ne desserrait pas les lèvres.

- On dirait bien que tu avais raison... »

Sur cette phrase, prononcée très gravement, il se leva et se mit à faire les cent pas à quelques mètres d'eux. Marie et Tiago le regardèrent s'éloigner silencieusement. Le temps n'était certes pas à la plaisanterie, mais pour l'instant, la situation n'avait rien de désespérée. Tout était question de relativité, selon Tiago. Les faits étaient les suivants : ils se situaient en territoire libyen, sous l'égide du gouvernement de Kadhafi. Celui-ci avait un fils emprisonné en France pour le présumé meurtre d'une prostituée. En soi, cette information était assez incroyable. Là où les choses devenaient réellement problématiques pour eux, c'était que le colonel Kadhafi n'était pas homme à reconnaître la culpabilité de son fils préféré. Et, pire, il était capable de tout pour obtenir sa libération. Oui : vraiment capable de tout. Y compris de prendre en otages neuf Français de passage dans son pays le temps d'une correspondance. Cette idée lui donna un frisson dans le dos. Non qu'il n'avait pas pris conscience de l'évolution perceptible de la situation. Mais l'emploi même du mot renvoyait à une réalité beaucoup plus sombre qu'il n'y paraissait. La posture des soldats, leurs faciès, l'absence de communication, le retard de leur vol… Tout ceci était parfaitement limpide, mais il ne voulait pas se résoudre à employer à voix haute le terme d' « otage ». Il était trop tôt.

Il poussa une brutale expiration et se redressa pour d'adresser à Marie.

« Qu'est-ce que tu penses de tout ça, toi ?

- Je pense qu'il exagère…

- Qui ?

- Ben Jean ! Il se vexe facilement quand même. C'était juste une blague.

Tiago se demanda, l'espace d'un instant, si tout le monde ne devenait pas fou. Il s'éclaircit la gorge et employa un ton ironiquement doux pour reposer sa question. Il faisait néanmoins beaucoup d'efforts pour ne pas l'étrangler, là, tout de suite. Pas sûr que beaucoup de monde serait intervenu pour l'en empêcher, cela dit.

- Marie ?

- Oui ?

- Quand je t'ai demandé ce que tu pensais de tout ça et que tu m'as répondu que tu trouvais que Jean exagérait, tu blaguais n'est-ce pas ?

- Hein ? Comment ça ?

Tiago se pinça entre les deux yeux, comme pour calmer une tension qui menaçait d'exploser. Malheureusement, sa condition physique et son état nerveux avaient leurs limites. Sa colère explosa froidement, sans hausser le volume, mais en employant un ton volontairement agressif.

- Putain, Marie, tu te fous de ma gueule ? On est à Tripoli, dans un pays dirigé par un malade mental dont le fils est en prison dans notre pays. Je ne suis pas loin de me demander si on ne prendrait pas le chemin des infirmières bulgares et toi, tu me parles des bouderies de Jean ? Mais t'es à côté de la plaque ou quoi ? Laisse-le crever Jean, nous on a un problème plus important à gérer. Si t'as l'intention de te focaliser sur ses états d'âme, alors vas-y, moi je vais plutôt m'intéresser à ma survie ! »

Marie le regarda quelques secondes fixement. Ses sourcils levés traduisaient une totale surprise. Probablement que, même en revenant 13 ou 14 ans en arrière, elle ne retrouverait pas souvenir de Tiago employant un ton pareil. Ni avec elle, ni avec qui que ce soit. Elle eut un léger éclat de rire, qu'elle tenta de camoufler avec sa main. Ainsi, l'homme le plus calme de la Terre venait de l'engueuler vertement, au beau milieu d'une crise internationale dont ils étaient des victimes collatérales. L'expression ridicule qu'eut Tiago lorsqu'elle émit son petit gloussement la fit craquer et elle explosa. Bruyamment, à gorge déployée, son fou-rire envahît le hall entier de sorte que plus personne ne put se concentrer sur autre chose que cet éclat de joie totalement incongru.

Tiago la regarda s'esclaffer quelques secondes avant de réaliser : effectivement, tout le monde est devenu fou ! Cette pensée le fit ricaner nerveusement avant qu'à son tour il n'explose d'un rire gras et saccadé.

Il était 22 heures à Tripoli. L'aéroport quasiment vide ne vibrait plus que dans le hall accueillant des passagers effectuant une escale dans leur vol Paris-Niamey. Ils étaient neuf et, depuis l'emprisonnement en France de Saïf Kadhafi, fils de Mouammar, ils étaient séquestrés dans ce hall, quasiment pris en otages par l'Etat libyen réclamant probablement la libération de Saïf. Et aussi aberrant que cela puisse paraître, deux de ces passagers étaient pris d'un fou-rire, intense jusqu'aux larmes. Dès que l'un semblait se calmer, il regardait l'autre et repartait de plus belle.

A cet instant précis, nulle autre scène au monde n'était plus extraordinaire que celle se déroulant dans un hall quelconque de l'aéroport de Tripoli. Et aucun de ses spectateurs n'était en mesure d'en percevoir la poésie.

Après quelques minutes éprouvantes, tous deux se calmèrent, pressant leurs côtes douloureuses. Pour Marie, les derniers instants s'assimilaient à un joyeux souvenir du temps passé, celui où les crises de rire succédaient aux débats houleux. Le temps passionné de l'adolescence fougueuse où l'on est persuadé d'être le rebut de la société tout en ne réalisant pas que l'on vit ses plus beaux moments. Pour Tiago, cet épisode farfelu constituait la plus fabuleuse dose de bien-être que son corps et son âme aient connus depuis plus d'un an. Que celui-ci ait eu lieu en de telles circonstances montrait bien quelles épreuves il avait traversé. Mais c'était sans importance car, en cet instant, tout préoccupé qu'il était, sa mémoire peinait à trouver meilleur souvenir.

Il observa quelques secondes Marie, qui lui rendit ce regard plein de candeur et de surprise. A l'angoisse ambiante régnant dans le hall transformé en geôle répondait ce moment de grâce partagé, ces précieuses secondes de légèreté au milieu de l'angoisse.

Et puis, comme toujours, la noirceur de la situation reprit le dessus. La plus âgée des deux fillettes, jusqu'ici si calme auprès de ses parents, se mit à pleurer. Les soldats, imperturbables, ne levèrent même pas un sourcil, tandis que les deux septuagénaires se rapprochèrent des sanglots, proposant gracieusement leur aide. L'image toucha Tiago, soudain conscient qu'un groupe soudé vaut mieux que toutes les individualités du monde. Mais fédérer les neuf membres du vol pourrait se révéler compliqué, d'autant que Jean semblait muré dans sa réflexion.

Les pleurs et larmes s'accumulaient et rien, pas même la comptine récitée par la vieille dame, ne parvenait à calmer la petite. Tiago étant Tiago, il souffrait intérieurement de voir autant de peur chez une gamine, surtout pour des motifs aussi absurdes. Marie étant Marie, elle commençait à en avoir plein les oreilles de ces cris. Elle sursauta lorsque Tiago se tourna vivement vers elle.

« On va l'aider ?

- Qui ? La mioche ?

- Ben oui, la petite. Si on se regroupe autour d'elle, peut-être que ça la rassurera.

- Oh, non ! Laisse-la chialer, ça finira par passer. Ça fait du bien de pleurer. Quand j'étais petite, personne ne venait me consoler. Et regarde ce que je suis devenue.

159

- Un monstre sans cœur qui regarde une fillette pleurer et refuse d'aller l'aider.

La dernière remarque de Tiago se voulait volontairement provocatrice, mais il y avait un fond de conviction dedans. Marie le savait bien, mais refusait de repartir sur ce terrain-là. Elle soupira bruyamment, montra son dépit par quelques gestes d'agacement et finit par céder.

- OK, OK, on va voir la pleureuse... »

Ils se levèrent de concert et se rapprochèrent, d'un pas hésitant, du groupe de six personnes.

Curieusement, le malaise le plus frappant n'était pas celui de la petite. Ses parents fixaient le sol avec une préoccupation intense, se contentant de bercer négligemment leur enfant en pleurs. Spectateurs de la scène, les septuagénaires semblaient également distraits. L'arrivée de Tiago et Marie sembla révéler qu'en se rassemblant, c'était une forme de réconfort que chacun recherchait. Sous couvert d'un soutien apporté à la fillette en sanglots, le couple d'anciens venait trouver de la compagnie dans ces instants difficiles. En quelques minutes, la population militaire du hall avait triplé et aucun contact n'avait été noué. Il leur fallait des réponses, du soulagement, un socle sur lequel se reposer. C'était exactement l'analyse que Tiago faisait de la situation, et en se mêlant au groupe, il se proposait d'incarner ce socle. Il avait juste besoin du soutien et des compétences linguistiques de Marie. Cette partie-là serait plus compliquée.

« Bonjour à tous.

De timides réponses accueillirent les deux nouveaux arrivants. Tiago ne se démonta pas et prit le parti de s'imposer directement.

- Je m'appelle Tiago, et voici Marie.

- Bonsoir, corrigea nerveusement la vieille dame. Je m'appelle Françoise et voici mon mari Jacques.

- Bonsoir, lança ce dernier, sans lever les yeux.

N'obtenant rien de la famille en pleine décomposition, Tiago se tourna vers Marie pour la pousser à prendre la parole. Après un soupir de dépit, elle accepta de se mettre en avant. Elle se tourna vers les parents de la petite en larmes, plongés dans leur réflexion quasi-plaintive.

- Bonjour, bonjour ! Comment vous appelez-vous ?

- Je m'appelle Thierry, ma femme s'appelle Lailana. Notre plus petite, c'est Justine et celle qui vous casse les oreilles depuis tout à l'heure, c'est Denise.

La réponse de Thierry s'efforçait d'être teintée d'humour. Il arracha d'ailleurs un sourire ou deux. Mais la tension était trop palpable et chacun savait que le sujet principal n'allait pas tarder à être abordé. Tiago essaya néanmoins de retarder l'échéance, jugeant le niveau de panique encore trop élevé. Il prit le ton le

161

plus jovial possible et osa une tentative de dédramatisation.

- Alors, dites-moi ? Qu'allez-vous faire à Niamey ?

Thierry esquissa un sourire amusé. Sa fille s'était à peu près calmée mais elle était la seule. Jacques sembla passablement agacé par le ton hors de propos de Tiago, aussi sa femme fit-elle le premier pas.

- C'est là-bas que Jacques et moi nous sommes rencontrés, souffla-t-elle, manifestement émue. J'y travaillais comme infirmière et lui y faisait son service militaire. Comme nous sommes plus proches de la fin que du début, pour moi en tous cas...

- Françoise !, l'interrompit son époux, en colère devant les révélations intimes.

- Oh, enfin, Jacques ! Tu vois bien dans quelle situation nous sommes ! Je trouve ça bien que ce jeune homme veuille nous changer les idées. C'est très gentil de sa part et je crois que nous en avons tous bien besoin. Bref, je disais que comme nous ne sommes pas éternels, nous retournons au Niger pour la première fois depuis notre départ il y a 50 ans. Voyez ça comme une sorte de... pèlerinage.

- C'est très beau, sourît sincèrement Tiago.

- C'était l'idée, lui répondit, malicieuse, une Françoise désormais détendue.

- Et vous, vous allez faire au Niger ?, poursuivit Tiago en se tournant vers Thierry.

- C'est là que je suis née et que j'ai grandi, confia Lailana, sortant de son mutisme. J'y retourne de temps à autres mais c'est la première fois que j'y emmène mon mari et mes filles. Si on y arrive un jour.

Sa dernière remarque brisa le tabou implicite et provoqua un regain de tension. En guise d'excuse, elle se proposa immédiatement de calmer le jeu.

- Mais ce n'est pas très grave. Et vous alors ? Vous êtes en voyage de noces, ou quelque chose comme ça ?

Marie et Tiago en sourirent de concert.

- Non non, nous ne sommes pas en couple, répondit-elle. Nous sommes des amis d'enfance et nous nous sommes retrouvés ici.

- Ça c'est pas banal, jugea Françoise.

- En effet. Et pour vous répondre, Lailana, je suis en voyage d'affaires, et Tiago est… Comment dire ?

- Je déménage à Imouraren, intervint ce dernier.

- Imouraren ?, s'étonna Lailana. Mais il n'y a pas grand-chose là-bas

- Je vais essayer d'aider tous les gens que l'installation d'Areva a plongé dans la misère. Faire de l'humanitaire, en quelque sorte.

La confession de Tiago était une pique directement adressée à Marie, laquelle encaissa sans broncher. Cela l'amusait presque, ces échanges qu'eux seuls pouvaient comprendre.

Un silence gêné suivit l'attaque masquée de Tiago. Les sujets de conversation évitant leur situation critiques commençaient à s'épuiser. Le choix était cornélien : aborder directement la situation de crise, laisser ce silence gênant s'installer au risque de voir la tension ambiante reprendre de plus belle, ou trouver un autre sujet. Tiago, lui aussi stressé, n'hésita pas longtemps.

- Ecoutez, je sais que la situation est difficile, et je voulais vous dire qu'on commence à savoir ce qu'il se passe.

Les quatre adultes tournèrent simultanément la tête vers lui. Les yeux écarquillés, ils paraissaient tellement attentionnés que la moindre seconde qui s'écoulait sans explication augmentait leur rythme cardiaque.

- Vous… savez ?, demanda Jacques, interloqué.

- Oui, Marie comprend l'arabe et elle a entendu les soldats parler. Du coup, on a un
début d'explication sur ce qu'il se passe ici.

Il hésita à parler plus, et se tourna vers Marie
comme pour obtenir son autorisation. Celle-ci fixait
le sol, se contentant de serrer les dents pour contenir
sa désapprobation. Il prit ça comme un feu vert tacite.
A tort.

- Et bien alors ? Dites-nous donc !, réclama
Jacques.

Le doute n'était plus permis, mais il s'introdui-
sait pourtant dans l'esprit de Tiago. Acculé par les
promesses faites à son auditoire, il chercha une bouf-
fée d'oxygène et son regard traquait Jean. Loin, si loin
de lui, le barbu continuait ses va-et-vient pensifs et ne
prêtait pas la moindre attention à la réunion dont il
était pourtant le seul absent. Tiago en fut désolé. Sur
le chemin du retour, son regard croisa l'expression
découragée de Marie et cela acheva de lui faire perdre
confiance.

- Et bien ? Ça vient ou quoi, cette explication ?, s'emporta Jacques, dont les nerfs
avaient définitivement lâché.

- Avant toute chose, sachez que ce n'est
qu'une hypothèse et que tout ça n'est peut-
être qu'un immense malentendu.

- Allons bon ! Vous prétendez savoir alors
qu'en fait, vous n'avez qu'une théorie fu-

meuse. Si ce n'est que ça, nous en avons aussi !

- Ce n'est rien de fumeux, monsieur, et je vous demande de vous calmer. Ça n'arrange rien et vous communiquez votre nervosité à tout le monde.

- Quoi ?

Jacques s'étrangla dans ses propres mots et se mit à tousser bruyamment. Son épouse le prit dans ses bras et lui fit faire quelques pas. En se retournant, il fusilla du regard Tiago, lequel se prit à penser qu'il fallait éviter, à l'avenir, ce genre de déballonnage s'il voulait prétendre au rôle de leader. Il prit une profonde expiration qu'il expulsa violemment et reprit le cours de son approche. Remis de sa quinte de toux, Jacques s'était assis à portée de voix en compagnie de Françoise de sorte qu'un demi-cercle se forma devant Tiago.

- Alors écoutez-moi. On a vraiment une explication à ce qu'il se passe. Comme je l'ai dit, Marie parle l'arabe et elle a entendu ce que se disaient les gardes.

- C'est vrai mademoiselle ?, demanda Thierry, apparemment tout aussi méfiant que Jacques.

- Oui, c'est vrai, soupira Marie, après un temps d'hésitation.

- Comme vous l'avez remarqué, poursuivit Tiago, nous sommes encerclés par des gardes qui semblent de plus en plus hostiles au fil des minutes. Ce n'est pas un hasard. D'après ce que Marie a entendu, le fils du colonel Kadhafi, Saïf, aurait été arrêté. En France.

- Arrêté ? Mais pourquoi ?, manqua de s'étrangler Françoise.

Tiago marqua un temps, inspira un grand coup et se lança.

- Apparemment, il aurait assassiné une prostituée.

La consternation des passagers était évidente. Chacun à son échelle, ils avaient compris la gravité de la situation. Tiago s'attendait à une réaction de ce type, mais entendait la commuer en instinct de survie au plus vite.

- C'est ridicule, continua de s'emporter Jacques.

- Je suis aussi surpris que vous, mais c'est bien ce que Marie a entendu, et si c'est vrai, la réaction des militaires me semble logique. Saïf est le fils préféré du colonel Kadhafi. Il serait prêt à tout pour le faire sortir de prison.

- Quitte à prendre neuf touristes français en otage, histoire d'avoir une monnaie d'échange.

L'ensemble du groupe se tourna vers Lailana qui, jusqu'à cette dernière remarque, était demeurée parfaitement silencieuse. D'une simple phrase, elle avait énoncé précisément ce que tout le monde, y compris Marie et Tiago, refusait de dire. Pourtant, l'évidence était frappante et les associations d'idées qui en découlaient faisaient froid dans le dos.

- C'est à peu près ça, commenta sobrement Tiago.

Un silence pesant s'installa et permit à chacun d'envisager la suite des opérations de son point de vue. Les plus optimistes voyaient la bonne intelligence diplomatique régler ce conflit. Les autres s'imaginaient à quelle sauce ils allaient être mangés. Les visages concentrés ne trahissaient rien d'autre que de la peur, celle qui ronge et finit par rendre fou, celle qui fait monter la tension jusqu'à l'explosion.

- Bon sang mais c'est insensé, finit par lâcher un Jacques bouillonnant. Le type est un diplomate respecté et il aurait ruiné sa carrière avec une vulgaire pute ?

- Ne parlez pas comme ça, et arrêtez de vous poser les mauvaises questions, lui répondit Lailana avec un calme qui eut le don d'accroître la fureur du septuagénaire.

168

- Mais je parle comme je v…

- Elle a raison Jacques, l'interrompit sa femme, sortant à son tour de son mutisme. Franchement, que ce soit vrai ou pas ne change pas grand-chose puisque les militaires en sont persuadés. Maintenant, la question n'est pas de savoir pourquoi nous en sommes là, mais comment on va s'en sortir.

- Ou, plus précisément, *si* on va s'en sortir.

Une fois de plus, Jean prenait un malin plaisir à surprendre et, une fois de plus, il fit sursauter tout le monde.

- Je vois que nous sommes tous au courant désormais, poursuivit-il, à l'adresse de Tiago.

- J'ai trouvé que ce serait plus juste, lui répondit ce dernier.

- Et qu'à plusieurs nous serions plus à même de nous défendre, je vois le genre, persifla le barbu. Et bien ? Que pensez-vous de la situation, chers camarades otages ?

Lailana et Françoise se regardèrent et ne semblèrent pas apprécier le ton cassant de Jean. Jacques boudait dans son coin et Thierry ne semblait pas s'intéresser à ce qui se disait. Ses deux filles étaient désormais endormies sur leurs sièges et offraient un répit bienvenu à leurs parents. Quant à Marie et Tiago, ils appréhendaient la tournure des évènements, persuadés l'un et l'autre que la discussion allait tourner au vinaigre. Jean n'était plus le même homme. Au gentil barbu affable avait succédé une boule d'agressivité, de nervosité et d'antipathie.

> - Alors, insista-t-il, personne ne trouve rien à dire ? Bon Dieu, on est coincés dans un hall d'aéroport et personne ne trouve rien à dire ? Bordel de merde, c'est dingue ça ! »

Il avait haussé le ton et une partie des soldats postés aux différentes sorties avait porté leur attention sur lui. Tiago se précipita sur lui et, sur fond d'injures, le tira à part du groupe. Avec une énergie qu'il regretta immédiatement d'avoir employé, il le força à s'asseoir à une dizaine de mètres du groupe.

> « Bon sang, mais qu'est-ce qu'il te prend ?

> - Qu'est-ce qu'il me prend ? Non mais tu les as vus ? Une bande de larves incapables de réagir face à l'adversité ! Ils n'arrivent même plus à penser tellement ils sont paniqués.

> - Justement, ils sont paniqués. Ne leur en demande pas trop…

> - Moi aussi je suis paniqué, figure-toi !

> - Dans ce cas dis-moi, toi qui maîtrise si bien ta panique, ce que nous devrions faire. Foncer dans le tas ? Attaquer des soldats dix fois plus nombreux et mieux entrainés que

170

nous ? Et armés, en plus de ça ? Dis-moi, Jean, qu'est-ce que tu veux faire ?

Jean avait plongé la tête dans ses mains et gémissait à l'écoute des paroles de Tiago.

- Tu veux aussi qu'on envoie les femmes et les enfants devant, histoire d'occuper leurs fusils ?, poursuivit-il, à son tour pris d'une colère intenable. Ou alors, on peut demander une entrevue avec Kadhafi, pour lui demander poliment s'il nous laisserait pas partir ! On ne peut rien faire, Jean, il n'y a rien à faire.

Le barbu, si insolemment confiant quelques heures plus tôt, n'était plus qu'une épave effondrée, sanglotant dans ses mains plaquées sur son visage. Tiago n'en éprouvait aucune pitié et continua de déverser sa fureur sur ce qu'il restait de Jean.

- Ces gens, là-bas, ont deux petites filles qui doivent supporter une épreuve pareille à leur âge, et toi tu déboules en leur demandant de ne pas pleurer ? La peur n'excuse pas tout, Jean, et ce ne serait pas plus mal si tu restais dans ton coin un moment. Parce que ce n'est pas en engueulant les gens qu'on les fait avancer, merde !

L'insolent orateur rencontré plus tôt pleurait à chaudes larmes, baragouinant dans ses mains trempées quelques morceaux de phrases incompréhensibles.

Quelques secondes de calme permirent à Tiago de reprendre son sang-froid. Jean en était à la phase de reniflement marquant la fin de longs sanglots. Il leva des yeux rougis et embués sur son tortionnaire.

- Je suis un fugitif, Tiago. Un putain de fugitif.

- Quoi ?

- Je suis recherché par Interpol, putain… A cause d'une connerie de braquage…

Le sang du jeune homme ne fit qu'un tour. Il avait parfaitement compris la portée de ce que Jean venait de lui confier. D'autant plus qu'il voyait très bien de quoi il s'agissait. Il avait vu le reportage à la télévision quelques semaines plus tôt. Quatre types avaient voulu se faire une grande banque marseillaise et avaient fini par prendre une dizaine d'employés en otage. Après de longues heures de négociations, trois des braqueurs s'étaient rendus à la police, mais un dernier avait résisté en gardant le vigile dans l'enceinte. Quand l'assaut avait fini par être donné, les forces d'intervention n'avaient trouvé que le cadavre du pauvre gardien. Son assassin présumé, lui, s'était volatilisé. Depuis ce jour, il faisait les gros titres des journaux, qui l'avaient surnommé « Houdini ». Les meilleurs experts s'étaient relayés pour trouver la façon dont il avait pu s'échapper mais ils avaient fait chou blanc. Ce champion de l'évasion était probablement l'homme le plus recherché d'Europe.

- Tu es… Tu es Jean Gridart ? Le… Le Houdini de la banque de Marseille, c'est toi ?

Jean esquissa un sourire exagéré. Il y avait quelque chose comme un mélange de fierté et de profonde lassitude dans son rictus. Néanmoins, il prit le parti de faire profil bas lorsqu'il confia la vérité à Tiago.

- Le Houdini de Marseille… Le meurtrier de Marseille, plutôt. L'un comme l'autre, c'est bien moi.

Tiago s'attrapa le crâne et le serra jusqu'à en avoir mal. La situation devenait franchement critique. Autant, le fait de devoir gérer les bouderies de Jacques n'avait rien de rédhibitoire, autant la panique soudaine d'un type qui risquait perpète et qui était à deux doigts d'échapper à Interpol, c'était d'un autre niveau. Il n'avait pas beaucoup de temps pour prendre la pleine mesure de cette nouvelle donnée. Il se retourna vers le reste du groupe, lequel les regardait distraitement. Après quelques secondes de réflexion stérile, il revint vers Jean, s'agenouilla devant lui et plongea son regard dans le sien, toujours humide.

- Bon, voilà ce qu'on va faire. On va retourner avec les autres, et tu vas t'excuser. On dira que tu es très nerveux, que tu as perdu les pédales, etc. Ensuite, tu vas faire profil bas et on va réfléchir ensemble à toute cette situation, OK ? »

Pour toute réponse, Jean se moucha et acquiesça. Tiago l'aida à se lever et ils reprirent ensemble la direction de leurs sept compagnons d'infortune. Une nuée de regards noirs et de mauvaises ondes accueillirent leur retour, et Jean bafouilla quelques excuses confuses qui ne semblèrent pas suffire. Les choses avaient excessivement mal commencé, et l'atmosphère pouvait prêter à un pardon facile ou à une rancune excessive. Très clairement, l'ensemble du groupe choisit la deuxième option.

> « Bon, amorçât Tiago, Jean a peut-être pété son câble, mais il avait abordé un sujet intéressant. Qu'est-ce que vous pensez de tout ça ? Marie ?

Elle sembla particulièrement surprise d'être ainsi poussée sur le devant de la scène. Elle qui se tenait à l'écart depuis le début ambitionnait de rester dans l'ombre.

> - Ben... euh... Je ne sais pas moi ! On est plutôt mal barrés, non ?
>
> - OK, merci Marie, ponctua ironiquement Tiago en soutenant le foudroiement du regard de son amie d'enfance. Quelqu'un d'autre, peut-être ?

Personne n'était disposé à prendre la parole. La torpeur dans laquelle chacun était plongé ne semblait pas prête de se dissiper. Pour l'être humain lambda, un conflit international de cet ordre est quelque chose de lointain, de presque abstrait. Quelque chose comme un gain de deux millions d'euros au loto ou un crash d'avion. Quelque chose qui n'arrive qu'aux autres. Logiquement, personne ne s'y prépare et l'improbable se produit, aucun réflexe n'est en place.

Tiago n'était pas plus prêt qu'un autre. Il était juste un outil au service de son prochain. Il s'était juré de ne plus vivre que pour les autres et n'avait pas envisagé de revenir là-dessus. Il réalisait que la crise qu'ils étaient en train de vivre ne concernait que neuf personnes, alors même qu'il se dirigeait vers un pays, et une région en particulier, qui comptait ses morts mensuels par dizaines. En soi, la prise en otage d'un petit groupe par un Etat en échange d'un passage d'éponge sur le crime d'un diplomate prestigieux était bien plus médiatique, mais il y avait comme un symbole du désordre du monde là-dedans. Car, évidemment, un nom ronflant, des négociations en costumes griffés et un psychodrame familial rendaient plus vendeur un sujet comme celui-ci. Et tant pis pour les morts quotidiens du Niger et d'ailleurs.

Cette pensée provoqua un regain d'énergie chez Tiago. Alors même que ses yeux se fermaient, sa révolte déclencha un électrochoc en lui, quelque chose qui le faisait refuser d'attendre paisiblement que tout cela passe.

- Allez quoi, déclara-t-il aussi brusquement que solennellement, il faut se ressaisir ! On est coincés ici et on ne va pas tarder à avoir soif, faim ou envie d'aller aux toilettes. Donc on va bien être obligés de rentrer en contact avec les militaires.

- C'est vrai, ça, répondit Françoise, prise à son tour d'un regain d'espoir.

- Il faudrait quand même se demander ce que nous allons leur dire, tempéra Thierry. Vu les regards qu'ils nous jettent, je pense qu'on aura du mal à obtenir quoi que ce soit d'eux.

Un petit bip émanant de la montre de Denise, toujours endormie, signala qu'il était minuit.

- On pourrait commencer par, justement, leur demander si on pourrait aller aux toilettes, proposa Françoise.

- Oui, comme ça on créerait un lien qui permettrait peut-être, à la longue, d'obtenir des explications, poursuivit Tiago.

- Ça me paraît être une bonne idée, marmonna Thierry.

Le reste du groupe ne disait rien. Jean était plongé dans ses angoisses, Jacques continuait de bouder, Lailana écoutait attentivement la conversation, hochant la tête ici et là, et Marie restait discrète derrière Tiago. Denise et Justine, elles, s'étaient échappées de ce cauchemar et demeuraient endormies.

- Alors nous sommes tous d'accord ?, demanda Tiago, persuadé d'avoir enfin réussi à mettre tout le monde d'accord.

- Pourquoi pas.

- OK.

- Ça me va.

Il manquait une réponse. Tiago releva prestement la tête et se tourna vers Marie. Debout, dodelinant de droite à gauche dans un geste de nervosité extrême, se rongeant ce qui lui restait d'ongles, elle paraissait avoir clairement entendu la question. Mais n'avait pas répondu.

- Marie ? Tu es d'accord ?

- Non.

Sa réponse avait fusé mais ne comportait aucune trace de sentiment. Un « non » clair, net et précis qui ne laissait rien paraître de plus qu'une désapprobation ponctuelle.

- Et voilà, c'est reparti, maugréa Jacques, qui se replongea dans son indignation sourde.

- Comment ça non ?, demanda bêtement Tiago. Tu as une autre idée ?

- Non, pas d'autre idée. Mais celle-ci me semble mauvaise.

- Et pourquoi ça ?

- Parce que je pense qu'étant données les circonstances, il vaudrait mieux se faire petits, laisser les choses se passer et espérer qu'elles s'arrangent. Je ne vois pas de meilleure solution.

Tiago n'en revenait pas. S'il avait su que l'adhésion qu'il n'emporterait pas serait celle de Marie... Il connaissait leurs différences, à plus d'un titre d'ailleurs, mais pensait sincèrement que la proposition émanant du groupe était bonne. Mais l'engagement de Marie leur était nécessaire, pour des raisons évidentes de communication.

- Dis-moi, je comprends bien que tu n'aies pas envie de servir de traductrice pour tout le monde. Mais comment on va faire pour manger ? Pour aller aux toilettes ? Quand les fillettes se réveilleront, elles auront bien envie d'y aller. Et là, tu ne pourras plus fuir tes responsabilités.

- Mes responsabilités ?, répondit Marie, haussant le ton pour atteindre celui employé par Tiago. Mais de quelles responsabilités tu parles ? C'est chacun pour soi, ici comme ailleurs. Tu me parles de responsabilité ? OK, alors dis donc à tout le monde qu'on ne va pas rester ici éternellement. Ça, c'est ta responsabilité !

- Comment ça ?, demanda fébrilement Françoise.

- Ne fais pas ça, lui intima Tiago entre ses dents.

- Oh, je t'en prie, Tiago, tu connais la musique. C'est la même histoire qu'avec les infirmières bulgares. Un conflit diplomatique de cette taille ne se règle pas en quelques heures. On va nous arrêter et nous mettre en taule, c'est évident.

- Ne dis pas de conneries, s'emporta Tiago. Ça n'a rien à voir avec les infirmières.

- Peu importe ! Le fait est qu'on est dans une situation de merde, qu'on ne s'en sortira pas mieux en groupe qu'individuellement et que, encore une fois, c'est chacun pour soi.

- Facile à dire, vous parlez arabe, vous !, lança Lailana, dont chaque intervention était autant de lames de rasoirs.

- C'est vraiment ce que tu penses ?, demanda Tiago plus calmement. Tu crois qu'on va nous foutre en cellule et qu'on ne pourra pas compter les uns sur les autres à ce moment-là ?

Le reste du groupe assistait, médusé, à ce règlement de compte inopportun. Curieusement, cet ajout de tension à la tension les distrayait de leurs préoccupations. Tiago faisait face à Marie et les autres passagers étaient disposés en demi-cercle autour d'eux, fasciné par l'intensité du moment.

- Je crois qu'on n'est pour rien dans ce qui arrive. Je crois que l'entraide ne sert à rien ici comme ailleurs, si ce n'est à se reposer sur les autres. Enfin, regarde-toi, Tiago ! Tu n'aides pas ces gens en en faisant des assistés !

- Ces gens ont besoin de quelqu'un sur qui se reposer, en effet, et si ça doit être moi, alors ce sera moi. Quant à toi, espèce de sale égoïste condescendante, tu es la seule à avoir quelque chose à faire valoir, et tu ne veux même pas nous en faire profiter. On est tous d'accord sur le fait qu'il faut qu'on parle avec les gardes, et tu refuses de le faire, tu ne veux pas nous aider. Et pourquoi ? Parce que tu ne penses qu'à ta petite gueule, comme dans ton boulot, comme à Imouraren, tu ne penses qu'à toi, ton petit confort, sans aucune espèce de considération pour les gens qui souffrent le martyr pour que tu puisses te sentir un peu mieux. Ici comme ailleurs !

Un sourire naquit au coin des lèvres de Lailana. Mais, comme les autres, elle demeura silencieuse. Marie fixait Tiago droit dans les yeux.

- Considère ce que tu veux, mais je sais une chose : tu ne seras jamais heureux. Je suis peut-être un monstre d'insensibilité, une salope, une meurtrière, ce que tu veux. Mais je suis heureuse. Et, à la fin, c'est ça qui compte, et rien d'autre. C'est notre but à tous dans la vie, et j'y suis parvenue. Toi, tu es un cas désespéré.

- Alors toi qui es si heureuse, rends-moi service. La prochaine fois que tu te mettras un film sur ton super-grand écran, ou quand tu conduiras ta super-belle voiture, ou quand tu encaisseras ton super-gros chèque, pense à toutes les personnes qui ont fait des sacrifices pour que tu puisses être « heureuse ». Et essaye de te juger lorsque tu réalises que tu les méprises au lieu de les remercier. Quand tu auras atteint ce stade de conscience et d'épanouissement, alors tu pourras t'excuser. »

Cette dernière phrase avait été prononcée avec des sanglots. A bout de nerfs, déçu, abattu, quasiment détruit comme à ses plus sombres heures, Tiago se laissa tomber dans un siège. Marie resta immobile, froide, fermée et le regarda s'effondrer sans aucune manifestation de compassion. Même à présent qu'il pleurait, elle ne daignait pas le gratifier du moindre signe de regret. Elle tourna les talons et prit la direction de la partie opposée du hall où, après quelques pas, elle prit place.

Le reste du groupe ne savait pas comment réagir et, de fait, ne le fit pas. Chacun reprit le fil de ses pensées et de ses angoisses anticipées. Les militaires n'avaient plus bougé depuis près de deux heures et leur nombre n'avait pas évolué non plus. Un statu quo s'installait et personne ne pouvait s'en satisfaire. Sous les regards toujours enflammés des geôliers, chacun demeurait silencieux et semblait porter le deuil des illusions d'unité de leur groupe. Tiago continuait de pleurer seul sur son siège, sous les regards désolés de Françoise et Lailana. Jacques n'était pas sorti de son mutisme, tout comme Thierry qui continuait de servir de matelas de fortune à ses filles. Jean avait récupéré de son traumatisant aveu, mais suivait les conseils de Tiago et se faisait petit.

De temps à autre, un soupir ou un raclement de gorge laissait espérer que quelque chose se passe. Mais les yeux à l'affût reprenaient le chemin du sol après s'être informé de l'origine du bruit. De longues, très longues minutes se passèrent ainsi, entre angoisse, bouderie, traumatisme et nervosité.

Une rafale de fusil automatique fit sursauter l'ensemble du hall, soldats compris. Un des leurs avait mitraillé le plafond et lança une série d'ordres en arabe à ses congénères. Ceux-ci se mirent en branle simultanément et se dirigèrent vers le groupe.

Les fillettes furent tirées de leur sommeil et hurlèrent de peur. Les autres se levèrent d'un bond et

tournèrent sur eux-mêmes dans un réflexe de survie.
« Marie », hurla Tiago, dans une tentative désespérée
d'unir le groupe face à l'adversité. Mais il était trop
tard. La jeune femme était appréhendée par les militaires, malgré ses cris paniqués. Une trentaine de soldats avait maintenant envahi le hall et se dirigeait vers
les huit autres membres du groupe.

7 – Spirale

Pour certains, tout se passa très vite. Les autres, en revanche, virent une éternité s'écouler entre chaque pas, chaque cri, chaque coup.

Femmes et enfants avaient été relativement ménagés lors de leur arrestation. Les hommes, en revanche, avaient été battus et traînés sur le sol, avant d'être menottés sèchement et emmenés avec les autres. Tiago avait semblé particulièrement gâté par les coups de matraque, en tant que présumé leader.

Naturellement, rien ne leur fut était reproché. Aucune charge, aucune accusation. Sinon celle d'être des ressortissants d'un pays qui avait eu le malheur d'emprisonner le fils du chef. En soi, la situation aurait pu virer au comique, si elle n'avait pas été si tragique.

Le groupe des neuf avait été bâillonné, menotté et jeté à l'arrière d'une fourgonnette militaire. Seuls Marie, Jacques, Thierry et Lailana étaient encore conscients lorsque le véhicule démarra. Les autres étaient endormis, évanouis ou assommés.

La route accidentée accroissait encore un peu plus les douleurs, ici aux poignets, là aux genoux. Le conducteur accélérait volontiers à chaque cri poussé par sa cargaison. Les stéréotypes ne sont pas toujours usurpés. En l'occurrence, les militaires libyens al-

liaient obéissance aveugle, violence gratuite et cruauté.

Le trajet dura de longues minutes, durant lesquelles chacun put revivre l'intensité de l'arrestation.
Les cris des petites, le bruit sourd des matraques heur-
tant leurs cibles, les protestations indignées, immédiatement réprimées, le claquement des bottes sur le sol,
les ordres beuglés dans cette langue incomprise et
l'écho, cet insupportable écho dans lequel tout ceci
prenait place, le puissant symbole de l'anonymat re-
couvrant cette iniquité. Tout s'était déroulé dans une
confusion qui tranchait avec la discipline des gardes.

Avec quelques minutes de recul, et toujours sous
le coup de cette confusion, Marie, Lailana, Thierry et
Jacques commençaient à réaliser ce qui leur tombait
dessus. Chacun cherchait le regard de l'autre et, lorsqu'il y parvenait, trouvait un faciès de détresse incom-
mensurable. Leurs cris étaient couverts par les
bâillons et transformés en borborygmes incompréhensibles, si bien que le bruit des roues et les chocs des
corps sur les parois devinrent vite les seuls sons du
voyage. Enfin, alors même que Jacques commençait à
souffrir dangereusement des chocs, le fourgon freina
et s'arrêta sèchement.

Deux gardes ouvrirent bruyamment les portes
arrière, laissant apparaître le flux lumineux de deux
spots gigantesques. Aveuglés, les quatre prisonniers
éveillés cherchaient à distinguer ce qui leur faisait face.
En vain. Dans un brouhaha informe, on les traîna hors

du véhicule, tous autant qu'ils étaient, sans considération pour l'âge, le sexe ou l'état de forme de chacun. Pour les fillettes, François, Jean et Tiago, le réveil se fit la tête la première, face contre sol. Après quelques nécessaires instants d'acclimatation, tous purent jauger le bâtiment qui leur faisait face. Aucune surprise : ils étaient bien devant une prison.

Austère, grise et assombrie par la nuit, la bâtisse ne devait pas faire plus de 20 mètres de haut pour 50 de large. La plupart des futurs pensionnaires avait déjà vu des prisons plus grandes. Ce détail frappa immédiatement Tiago. Il s'inquiétait de la confidentialité de l'endroit. Devant eux se dressait une grande grille en fer ouvrant sur un petit chemin d'asphalte. Au bout, à quelques mètres, une porte carrée marquait l'entrée du bâtiment. Une inscription blanche la barrait tout du long et plus d'un membre du groupe eut la tentation d'en demander la signification à Marie. Mais, les bâillons leur empêchait toujours toute communication. Epuisé et endolori à l'extrême, Jean essaya de se débarrasser de la prise de son geôlier en se tortillant sur lui-même. D'un coup de crosse bien placé, celui-ci lui fit regretter son audace. L'exemple avait servi puisque plus un seul prisonnier ne broncha.

Les neuf otages furent placés en ordre de marche et violemment invités à avancer. Il faisait une chaleur étouffante. Les cris des militaires étaient à peine couverts par ceux, couverts, des deux fillettes elles aussi menottées, elles aussi bâillonnées. Elles progressaient difficilement, côte à côte, entre Jean et leur père. A mi-chemin, Justine trébucha et son père se précipita pour la relever et s'assurer qu'elle allait bien. Charitable, le garde à ses côtés l'aida également à se remettre sur pieds. Il n'épargna cependant pas Thierry du coup de crosse syndical pour n'avoir pas respecté l'ordre de marche. Là encore, le trajet du fourgon jusqu'à la porte d'entrée de la prison était passé en un éclair pour les uns, en une éternité pour les autres.

Les militaires autour d'eux ne les regardaient pas. Ni pour les surveiller étroitement, ni pour leur signifier leur mépris. Professionnels jusqu'au bout des bottes, ils demeuraient impassibles et déterminés. Lorsque le premier d'entre eux hurla une phrase en arabe devant la porte et que celle-ci s'ouvrit pesamment, aucun des prisonniers n'avait eu de contact autre que violent avec n'importe lequel des gardes. Ils étaient neuf dans cette galère, et pas un de plus. Il fallait qu'ils se fassent à l'idée avant de se faire de fausses illusions.

L'intérieur du bâtiment était conforme à ce qu'on pouvait en attendre. Gris, métallique et pierreux à la fois, il n'inspirait rien d'autre que de la crainte et de l'autorité. Sa petite taille apparente ne cachait apparemment pas de nombreuses cellules. La pièce d'accueil à elle seule occupait déjà une bonne partie de la superficie totale. On ordonna aux prisonniers de s'asseoir par terre tandis qu'un vif échange s'entamait entre le chef présumé des militaires et l'officier qui les avait accueilli. Quelques minutes de palabres plus tard, on les fit se relever et poursuivre leur chemin. Progressant difficilement en raison de la fatigue et de la douleur, ils renvoyaient l'image d'une horde de zombies à la recherche d'une proie. Cette souffrance perceptible ne semblait émouvoir personne d'autre. En Libye probablement plus qu'ailleurs, une prison est une prison, et quiconque s'y trouve doit bien avoir une raison pour cela. Simple question de bon sens, et un peuple opprimé a une certaine tendance à n'avoir ni l'envie, ni les moyens de voir plus loin que le bout de son nez.

La traversée des couloirs ternes et angoissants de la prison ne prit pas plus de cinq minutes. Leur étroitesse empêchait le groupe de progresser correctement, et on les fit passer en file indienne. Ils étaient désormais plus nombreux à avoir réalisé qu'il ne s'agissait pas là d'une prison conventionnelle, mais de quelque chose de plus discret, de plus occulte, de plus secret.

Au bout d'un long corridor, à la dernière porte du dernier couloir, on les fit stationner le temps de tourner la clé dans la serrure. Puis, un par un, après que leurs pouls et la dilatation de leurs pupilles aient été vérifiés, on les fit entrer dans la cellule avant de les y enfermer. La pièce était relativement exiguë, sans autre particularité qu'une fenêtre à barreaux permettant d'observer le ciel. Ni toilette, ni meuble n'était mis à leur disposition. Rien que quatre murs, une fenêtre et leur angoisse commune.

Leurs bâillons ne leur avaient pas été retirés, mais, étant attachés mains devant, ils avaient tout le loisir de les défaire eux-mêmes. Cependant, plusieurs secondes s'écoulèrent avant que Jacques, le premier, en prenne l'initiative, suivi par ses compagnons et les deux fillettes, aidées par leurs parents. Aucune phrase ne fut prononcée pendant quelques instants, les seuls sons audibles parvenant simplement des soupirs de douleur et des reniflements constants. Chacun prit sa place dans la geôle qui avait au moins l'avantage d'être propre. Naturellement, chacun l'avait visualisée à sa façon, et tous imaginaient une hygiène laissant à désirer. La situation étant ce qu'elle était, ils surent s'en satisfaire et prendre cela comme un peu de calme dans la tempête. Une fois tous assis, ils se regardèrent un instant avant que Lailana ne se décide à prendre la parole.

« Où sommes-nous ?

- On dirait bien que c'est une prison, marmonna Jean, non sans une pointe d'agacement.

- Une petite prison confidentielle et secrète, remarqua Thierry qui essayait, tant bien que mal, de s'adosser à l'un des murs.

- Eh bien ça promet », soupira Jean, se hissant sur la pointe des pieds pour observer l'extérieur.

Marie se tourna vers Tiago, alarmée par le fait qu'il n'avait pas encore pris la parole. Celui-ci restait stoïque, assis dans un coin de la cellule. Ensanglanté au niveau du front et sali par quelques allers-retours avec le sol, il fixait ses pieds et semblait absent. Elle décida de ne pas le déranger pour l'instant.

Les fillettes gémissaient régulièrement dans les bras de leurs parents, se plaignant d'avoir peur et mal. Lailana et Thierry faisaient ce qu'ils pouvaient pour les rassurer mais les circonstances rendaient ces efforts vains. La scène les représentant tenant leurs enfants apeurés dans leurs bras avait quelque chose d'apocalyptique. De fait, Françoise dut détourner le regard pour s'épargner la tristesse. Elle était assise au côté de son mari, reposant sa tête sur son épaule à l'occasion, lorsqu'elle ne le sentait pas trop faible. Il se plaignait d'un coup reçu à la jambe. Son épouse releva le bas de son pantalon et révéla une blessure hideuse, bleutée, nécessitant probablement des soins immédiats. Thierry remarqua la plaie et leva les yeux, interloqué, vers Jacques, lequel surpris l'expression inquiète et couvrit sa jambe précipitamment.

Marie n'avait pas plus bougé que Tiago. Encore sous le choc de la violence, elle se contentait de regarder les étoiles briller dans le ciel de… Tripoli ? Probablement. Dieu seul savait où ils se trouvaient en cet instant, et les négociations diplomatiques entre France et Libye devaient se baser sur ce secret. Sous cette si belle voûte, Marie se surprit à penser à Saïf, l'homme à la base de cet imbroglio insensé. Elle l'avait rencontré une fois, furtivement, croisé dans quelque palais tripolitain. On le lui avait présenté et il s'était montré tout à fait charmant. Un diplomate dans toute sa splendeur, qui peut vous faire comprendre, en même temps, que vous êtes son meilleur ami et qu'il peut vous écraser d'un geste. Il était rasé de près, les joues comme le crâne, et portait un costume griffé sur-mesure. Rien, absolument rien ne laissait présager du moindre instinct meurtrier. Le raccourci facile proclamerait que bon sang ne saurait mentir, mais Marie avait perçu quelque chose de plus franc et noble chez Saïf, malgré la rapidité de leur première, unique, et très probablement seule rencontre. En ce moment, cet aristocrate libyen, véritable star dans son pays, adoré de son père et de son peuple, respecté à l'étranger, croupissait dans une cellule à Paris, tout comme elle-même à Tripoli. A ceci près que lui était accusé de quelque chose.

Une idée furtive naquit dans son esprit et elle s'efforça de l'en chasser. Elle se tourna vers Tiago et le maudit d'avoir su la conduire sur le chemin de cette réflexion. Oui, elle était innocente et elle refusait de croire qu'elle puisse avoir un quelconque lien avec un assassin, un tyran ou un esclavagiste. Elle se contentait de faire un travail qu'un autre ferait volontiers. Elle était heureuse et ne s'en excuserait pas, peu importe ce que cela coûtait. Tiago avait ses démons et elle en était désolée, mais rien ne la mènerait vers la rédemption. Elle s'était trop battue, elle avait trop travaillé pour obtenir un quotidien plaisant, dépourvu de toute crise de conscience. Elle ne croyait pas à la fatalité et, à ce titre, estimait que le bonheur était accessible à tout un chacun. Il suffisait de se défoncer comme elle l'avait fait, et la réussite était au rendez-vous. Oui, elle en était intimement convaincue. Quant aux bien-pensants, à tous les Tiagos du monde, ils pouvaient bien mourir avec leurs idées, elle vivrait malgré elles. Kadhafi torturerait, le pouvoir nigérien exploiterait, Areva profiterait et ce, avec ou sans elle. Le monde ne tournerait pas mieux si elle décidait de ne plus participer à son injustice inhérente. Il continuerait de tourner sans elle, voilà tout. Le gâteau était là, devant elle, il n'y avait qu'à se pencher. Qu'elle hésite seulement cinq minutes, qu'elle fasse la fine bouche quelques secondes, et quelqu'un d'autre lui prendrait sa part. Hors de question, pas elle, pas Marie Poltzig. Elle gagnait, elle, c'était ça son truc. Il y en a qui savent courir, d'autres qui chantent, d'autres qui débattent, elle, elle gagne. Tiago était sans aucun doute tout aussi intelligent qu'elle, mais lui était condamné au malheur. Ou, du moins, sa quête du bonheur et de la plénitude était illusoire. Il ne pourrait pas sauver le monde et, quoi qu'il en dise, chaque joie ponctuelle qu'il apporterait ne compenserait jamais l'enfer dans lequel il se serait plongé. Il serait harcelé de personnes dans le besoin, il ne pourrait pas aider tout le monde et aurait le choix d'en laisser mourir certains, ou de ne les secourir tous qu'à moitié. Dans les deux cas, il ne se le pardonnerait jamais tout en s'exposant à la vindicte des populations frustrées. Au final, il aggraverait la situation. Tandis qu'elle se rendait peut-être coupable de l'entretenir mais, à la fin, son bilan serait neutre. Et pas négatif.

Fière de son raisonnement et requinquée par autant d'auto-conviction, Marie oublia, l'espace de quelques minutes quelle était sa situation. Elle avait la chance de disposer de menottes correctement ajustées, ce qui n'était pas le cas de Françoise. La vieille dame semblait souffrir le martyr et ses poignets viraient au violet. Sa situation, tout comme celle de son mari, était excessivement préoccupante. Mais ce n'était rien à côté de l'épave de Tiago, gisant toujours dans son coin, baignant dans son sang et sa prostration. Hormis Justine, en plein traumatisme, le reste de la troupe semblait avoir recouvré des forces. Jean paraissait être le plus fringant, ses mouvements se faisant plus énergiques et secs que ceux de ses congénères. Thierry et Lailana chantaient une chanson à leur plus petite fille, profitant du répit offert par la plus grande, désormais endormie. Marie prit conscience d'être très probablement la plus à même de prendre une quelconque initiative. Ignorant totalement quoi faire, elle décida que la rupture de ce satané silence constituerait une première étape.

« Comment vous vous sentez ?, demanda-t-elle bêtement, avant de regretter l'absolue stupidité de sa question.

Ses compagnons de cellule n'en prirent pas ombrage.

- Ça va, répondit simplement Lailana, accompagnée d'un marmonnement informe de son mari signifiant son acquiescement.

- Ça pourrait être pire, mais ça pourrait être mieux, philosopha Jean, gratifiant au passage ses camarades de son premier sourire depuis plusieurs heures.

- Désolée de rompre la bonne forme du groupe, mais j'ai atrocement mal aux poignets, dit péniblement Françoise, s'efforçant de répondre au sourire de Jean.

Jacques exprima un rictus de douleur démontrant clairement que s'il ne se plaignait pas ouvertement, le cœur y était. Tiago, quant à lui, n'avait pas prêté la moindre attention au dialogue.

- Comment vous vous sentez, Tiago ?, hasarda Lailana, sans obtenir de réponse.

- Je crois qu'il vaut mieux le laisser tranquille un moment, trancha Jean, définitivement redevenu maître de lui-même.

Tiago n'eut pas la moindre réaction.

- Bon, reprit Marie en essayant, tant bien que mal, d'entretenir la flamme. On dirait qu'on va être coincés ici un moment.

- Ça, ça semble acquis, confirma Françoise.

- Et, à vrai dire, je ne vois pas trop ce qu'on pourrait faire, poursuivit la jeune femme. On n'a pas nos bagages, pas de quoi manger, nous pas de... commodités... Autant dire que tout ce qu'il nous reste à faire, c'est de discuter.

Les efforts de Marie pour redonner un peu de cœur au groupe étaient manifestes, mais vains. Chacun se rappelait sa mauvaise volonté outrancière, et ne voyait là qu'une pathétique tentative de rédemption. Néanmoins, l'initiative était louable.

- Je propose qu'on se présente tous plus précisément, suggéra-t-elle. Ça nous occupera et on pourra faire connaiss... »

Sa phrase fut interrompue par le bruit métallique de la serrure. L'ensemble des prisonniers retint son souffle, à l'exception de Denise, endormie, et de Tiago.

L'immense porte s'ouvrit lentement et silencieusement, plongeant la cellule dans la lumière. Dans l'encadrement apparurent quatre hommes, dont deux sortaient du lot. Le premier était extraordinairement grand. Marie l'estima à plus de deux mètres. Sa corpulence aurait pu le prédestiner au catch ou au rugby.

Il était vêtu d'un uniforme militaire si bardé de médailles qu'un homme d'un gabarit normal aurait sans doute dû en accrocher dans le dos. S'il avait fallu considérer la présence d'un militaire si haut gradé dans leur cellule comme un honneur, les ex passagers s'en privèrent allégrement.

L'autre personnage atypique de ce tableau n'avait rien à voir avec le premier. Il était de taille normale, portait un costume-cravate sobre et son visage ne sortait de l'ordinaire que par la discrète cicatrice qui en barrait la joue. Il portait des lunettes et une mallette à la main. De toutes évidence un haut fonctionnaire accompagné d'un représentant de l'état-major libyen. Marie considéra qu'un interlocuteur effrayant valait mieux que pas d'interlocuteur du tout.

« Bonsoir mesdames et messieurs, salua le plus petit des deux hommes, dans un français impeccable ponctué d'un léger accent.

- Bonsoir, répondit François dans un réflexe, provoquant une nuée de regards interrogatifs.

Le fonctionnaire lui sourît généreusement. L'autre, en revanche, ne bougeait pas une paupière.

- Veuillez croire, poursuivit-il, que nous regrettons cette situation. Je me nomme Ibrahim Al-Farouk. Je travaille pour le gouvernement libyen. Sachez que vous êtes retenus ici en raison d'un immense malentendu qui ne demande qu'à être dissipé.

- Est-ce que nous sommes ici à cause de l'emprisonnement de Saïf Kadhafi ?, demanda de but en blanc Lailana.

Al-Farouk, le haut-gradé et les deux gardes les accompagnant restèrent interloqués. Après quelques secondes de mutisme, le fonctionnaire poursuivit.

- Je ne peux malheureusement pas m'exprimer à ce sujet, mais sachez que beaucoup de rumeurs circulent. Je ne suis pas ici pour vous fournir une explication, mais pour vous montrer la bonne foi du gouvernement libyen.

Marie comprit l'ordre qui fut intimé par Al-Farouk et s'en réjouit. Les deux gardes s'avancèrent vers les prisonniers et leur retirèrent leurs menottes. Des soupirs de soulagement accompagnèrent le cliquetis des chaines.

- J'ose espérer que vous saurez nous pardonner pour cette mésaventure, conclut Ibrahim Al-Farouk, se préparant à tourner les talons.

- Nous allons rester ici longtemps ?, implora désespérément Françoise, dont les poignets arboraient une teinte angoissante.

- Ça, je ne peux pas vous le dire.

- Pas même un ordre d'idée ?

- Hélas… Je repasserai vous rendre visite.

Il fit deux pas pour sortir de l'encadrement de la porte, et celle-ci entama sa fermeture.

- Attendez !, lança Lailana, provoquant la réouverture immédiate de la cellule. Et… Si nous voulons aller aux toilettes ? Vous comprenez… Mes filles…

Al Farouk sourît largement et plongea son regard dans celui de l'effrontée.

- Madame, vous êtes en prison, pas en vacances. Je suggère que vous vous trouviez un endroit tranquille. Disons… Celui-là ! »

Le fonctionnaire désigna le seul coin de la pièce où ne stationnait aucun prisonnier. Avec un léger rire nerveux, il referma lui-même la porte de la cellule et replongea les neuf otages dans l'obscurité et l'angoisse.

De toute la visite, Tiago n'avait pas bougé le petit doigt. Il était éveillé mais ses yeux ne daignaient même pas cligner. Son visage ne laissait pas transparaître de nervosité ou d'état de choc, sa posture physique trahissait, certes, une profonde douleur physique, mais pas de crispation particulière. Personne ne savait ce que Tiago avait et pour cause : il n'avait rien. Il était tout simplement détaché de la réalité. Il ne réfléchissait pas, il n'anticipait pas les évènements à venir et ne prêtait aucune attention à ses compagnons de cellule. Tiago s'était éteint, d'une certaine façon.

Depuis plusieurs heures, il avait essayé de décharger le groupe de cette pression, tentant à l'occasion de les distraire. Il avait échoué et les différents haussements de tons qu'il avait commis et subis l'avaient épuisé. D'où cette image étrange et contrastée d'un corps traumatisé sur lequel reposait une tête parfaitement sereine. De fait, son esprit avait su conserver une fraîcheur dont sa carcasse convalescente était dépourvue.

En dépit du violent affrontement qu'ils s'étaient livrés, et malgré la rancune qu'elle gardait de cet épisode, Marie s'inquiétait pour lui. Elle ne le connaissait plus aussi bien qu'auparavant, mais il apparaissait évident que personne ne pouvait demeurer aussi stoïque en de telles circonstances. Et son épisode d'auto-persuasion, pourtant encore frais dans sa mémoire, n'empêchait pas son esprit de se remettre en question. Et de se demander si ses mots n'avaient pas touché Tiago plus qu'elle ne le voulait. Il semblait tellement attaché à ses idéaux que sa froideur et son agressivité avaient pu heurter un point sensible. Cela aurait pu expliquer sa léthargie physique. Mais en aucun cas l'apaisement que dégageait son visage.

Déterminée à en savoir plus et, le cas échéant, à s'excuser, Marie s'approcha de Tiago et s'assit à côté de lui.

« Tiago ?

Pas de réponse. Il demeurait impassible.

- Psst, Tiago. Ça va ? Tu te sens bien ?

- Oui. Laisse-moi.

Sa réponse, toute brève qu'elle fut, n'exprimait aucune rancœur, aucun sentiment d'aucune sorte.

- Je voulais juste m'assurer que tu ne m'en voulais pas pour tout à l'heure. Tu sais, la nervosité, la tension, la fatigue…

- Je ne t'en veux pas. Laisse-moi s'il-te-plaît ».

Une fois encore, son ton était extraordinairement neutre. Presque fantomatique. Consciente qu'elle ne tirerait rien du zombie, elle se releva pour regagner sa place.

Quinze minutes, peut-être trente, peut-être une heure, aucun des prisonniers ne savait réellement le temps qui s'écoula ainsi, entre prises de paroles anecdotiques et succinctes, et longs silences. En temps normal, les différentes personnalités qui composaient ce groupe n'auraient rien eu à se dire. Les circonstances exceptionnelles avaient légèrement délié les langues, mais pas de quoi créer des affinités. Les longues phases muettes correspondaient donc à une forme de normalité. D'où venait, dès lors, qu'elles angoissaient tant les protagonistes ? Marie s'efforçait de conserver un certain dialogue, Lailana la relayait à l'occasion et Jean servait ses sarcasmes à la moindre ouverture. Tous agissaient ainsi par peur de ces silences, de cet embarras naissant et de leur volonté de voir ce groupe se souder. Ils ne seraient jamais amis, peut-être ne s'aimeraient-ils jamais vraiment, mais un lien ténu s'était tissé entre eux. Et chacun souhaitait le voir se renforcer. Par confort, par sécurité, par nécessité.

Une période de temps incertaine s'étala donc dans cette atmosphère mollement électrique. De longues et suffocantes minutes qui furent interrompues alors même que Marie s'apprêtait à rejoindre Justine, Denise et Françoise dans un sommeil mérité.

Avec un fracas symbolique du mépris des gardes pour leur hypothétique sommeil, la lourde porte s'ouvrit. Le visage neutre d'Ibrahim Al-Farouk apparut aux yeux éblouis des prisonniers. A ses côtés, deux militaires lourdement armés présentaient le visage peu amène des bas-gradés.

« Pardonnez-moi, mesdames, messieurs, j'espère que je ne vous réveille pas.

Son attitude polie ne rompait pas la méfiance compréhensible de son auditoire, mais celui-ci n'en demeurait pas moins captivé, pendu aux lèvres du haut fonctionnaire.

- Je viens vous informer que nous allons nous entretenir avec chacun d'entre vous, poursuivit-il. Vous serez ensuite transférés dans une autre cellule où vous serez nourris.

Cette information redonna le sourire aux fillettes, réveillées par le brouhaha émanant du couloir. Françoise et Lailana échangèrent un regard plein d'espoir que Marie jugea précipité. Aucun ne se posa la question de la teneur de ces interrogatoires, sinon Tiago qui ignorait s'il valait mieux passer en premier ou en dernier.

- En revanche, un d'entre vous ne participera pas à ces entretiens, en raison de son statut particulier.

Les prisonniers se regardèrent du coin de l'œil, mais seuls deux d'entre eux avaient compris. Marie sentit Jean se raidir à côté d'elle, et vit Tiago se redresser et arborer un visage préoccupé.

- Monsieur Gridart, annonça solennellement Al-Farouk en balayant la pièce du regard. Monsieur Jean Gridart, veuillez nous suivre.

Jean n'esquissa pas le moindre mouvement et resta prostré. Tiago profita du malaise pour se lever d'un trait.

- Oui, c'est moi, répondit-il, tentant de profiter d'un potentiel quiproquo.

Al-Farouk le jugea de la tête aux pieds et demeura silencieux un instant. Il s'essuya les lunettes, se frotta les yeux en signe de fatigue et reposa ses montures sur son nez.

- Rasseyez-vous, monsieur Santos, répondit-il avec agacement. Nous savons que vous voulez être le leader. Votre attitude le démontre clairement. Je vous félicite. Maintenant, rasseyez-vous. »

Il aboya un ordre incompréhensible pour n'importe quel prisonnier ne se prénommant pas Marie. En un éclair, les deux gardes s'avancèrent vers Jean et le saisirent par les bras avec violence. Mais, alors que le fugitif allait être séparé du reste du groupe sans anicroche, Tiago poussa un cri où se mêlaient horreur, indignation et douleur. Soudain réveillé, son corps se mit en branle.

Le match de curling, son frère assis dans le canapé se tournant régulièrement vers lui pour s'assurer qu'il va bien, son corps ne répondant que partiellement aux ordres qu'il lui donne. Soudain, les cris. Ses jambes qui se dressent dans un réflexe, son regard horrifié qui constate l'intolérable. Son bassin qui pivote, sa main faisant jouer la clé dans la serrure. Les marches, les dizaines de marches dévalées à toute vitesse, puis, enfin, le jour. Le vent caressant son visage pour la première fois depuis des lustres. La foule qui s'agglutine sans intervenir, la honte qui s'empare de lui à mesure qu'il entrevoit l'inhumanité des passants, mais aussi de la police. Les agents qui matraquent le pauvre homme au sol et lui qui hurle, qui hurle mais que personne n'entend. Sa voix ne qui fonctionne pas, son corps qui ne répond plus, son énergie retrouvée qui se dérobe à lui. Il hurle, il crie, il vomit sa rage, sa haine, son dégoût du monde, mais rien ne sort. Il combat des réalités comme d'autres des moulins. En vain, toujours en vain, mais il hurle, il hurle jusqu'au dernier coup de ma-traque, celui qui lui sera, un jour, fatal…

Lorsqu'il se réveilla, Tiago mit plusieurs longues secondes à se souvenir. Il fixa le plafond gris de la cel-lule et tenta de se situer.

« Ça va Tiago ?

Cette voix… Elle lui était familière. Que faisait-il allongé par terre et d'où lui venait cette douleur qui lui vrillait les tympans ?

- Tiago ? Comment tu te sens ?

Une autre voix. Masculine, celle-là. Impossible de situer. Bruno ? Non. Bruno n'avait pas le timbre si grave. Il avait une voix haut perchée dont il aimait à se moquer. Qui donc ?

- Il est quand même pas amnésique, dites ?

- Je ne sais pas moi, je ne suis pas médecin.

D'autres voix. Ou les mêmes, impossible à sa-voir. Péniblement, il essaya de se redresser pour faire face à ces mystères vocaux. Impossible. La douleur… Trop forte… Pivoter la tête était déjà intolérable.

- Qui… Où suis-je ?, hasarda-t-il.

- Tu es à Tripoli dans une cellule pourrie, tu as voulu jouer au héros et tu t'es fait cal-mer, ça te va ?

205

En un éclair, tout remonta. Boubacar, Imoura-ren, Areva, Tripoli, le hall d'aéroport, l'arrestation, le sandwich dégueu, le Houdini de Marseille, Al-Fa-rouk, Marie… Marie ! La voix, c'était celle de Marie !

- Marie ?

- Oui, c'est moi, imbécile.

Il y avait de l'inquiétude soulagée mêlée à du re-proche dans le ton de la jeune femme. Quelque chose de très affectueux, en fin de compte.

- Qu'est-ce… qui s'est passé ?

- Al-Farouk est venu chercher Jean. Appa-remment, son vrai nom est Gridart, comme le type qui a foiré son braquage et qui a buté un gardien.

- C'est lui, marmonna Tiago dans un râle de douleur.

- C'est pas vrai ?, s'exclama Jacques, surpris autant qu'amusé.

- Allons bon, soupira Marie. Bref, les gardes ont voulu le saisir et l'embarquer mais toi, alors que tu n'avais pas bougé d'un poil de-puis une éternité, tu t'es levé et tu as collé une énorme droite à un des gardiens. Tu étais enragé, je ne sais pas ce qui t'as pris ! Tu allais foutre sur la gueule du deuxième quand Al-Farouk a sorti une matraque et t'as dégommé le crâne. Ensuite, tu es resté assommé une bonne heure. Ou peut-être deux.

- Ah OK, répliqua-t-il. Ça explique le bordel dans ma tête. J'ai raté quelque chose ?

Un silence gêné suivit la question. Manifestement, il avait effectivement raté quelque chose. Mais personne ne semblait disposé à lui dire de quoi il s'agissait.

Péniblement, il entreprit une nouvelle fois de se mettre en position assise. La douleur, bien qu'intense, n'était plus insupportable et il parvint, non sans mal, à s'adosser au mur pour faire face au groupe. Les visages portaient les séquelles d'une grande nervosité. Il était évident que quelque chose s'était passé.

Soudain, une pensée le frappa. Les interrogatoires. Al-Farouk avait parlé de les prendre un par un et de « s'entretenir » avec eux. Il balaya rapidement du regard le groupe qui lui faisait face et constata qu'il manquait deux personnes. Et pas n'importe lesquelles. Il se tourna vers Lailana et Thierry.

- Où sont les petites ?

Un mélange d'embarras et de profonde tristesse s'empara des prisonniers. Un véritable psychodrame avait eu lieu dans cette cellule.

- Elles ont été emmenées, murmura, tête basse, le père.

- Al-Farouk a dit qu'il allait les interroger les premières, reprit son épouse. Il a promis qu'il ne leur ferait pas de mal.

Sa voix s'éteignit dans un sanglot. Le couple paraissait dévasté. A leurs côtés, Jacques et Françoise restaient muets et fixaient le sol. Toute aussi silencieuse, Marie optait pour un regard tourné vers l'extérieur. Seul Tiago, éberlué par la nouvelle, osait encore regarder les parents dans les yeux.

- Comment ça, il a pris les petites ?, s'insurgea péniblement Tiago. Quel genre de connard enlève deux gamines à leurs parents ? Putain mais qu'est-ce que c'est que ce délire ? »

Toujours aussi atteint physiquement, il fondit en larmes à son tour. C'en était trop. Si sa conscience ne trouvait plus de répit depuis longtemps désormais, l'intensité de la situation lui brisait les nerfs.

Lailana, elle aussi en sanglots, se reposait sur l'épaule de son mari tout en retournant à sa place. Ils s'assirent côte à côte et lorsqu'ils furent confortablement installés, elle craqua de nouveau. Témoins de la scène, les yeux de Tiago se firent toujours plus humides. De leur côté, Françoise et Jacques semblaient avoir repris du poil de la bête physiquement. Mais psychologiquement, les limites sans cesse repoussées de l'angoisse les blessaient au plus haut point. Ils reprirent à leur tour la direction de leur coin et s'y posèrent en silence.

Restait Marie, toujours stoïque, toujours tournée vers la fenêtre. Elle se rongeait les ongles en pensant à ce qui arrivait. Il y avait un détail qu'elle n'avait pas donné à Tiago. Par pudeur et par prudence.

Il était inconscient depuis une vingtaine de minutes, peut-être plus, quand Al-Farouk était venu chercher Denise et Justine. Toujours flanqué de ses deux molosses, il avait pris son ton immuablement affable pour solliciter l'emprunt de leurs filles à Lailana et Thierry. Naturellement, les choses ne s'étaient pas faites d'elles-mêmes et il avait fallu une lutte acharnée mêlée à une intense négociation pour que les deux parents ne prennent pas un coup de crosse en supplément. Marie avait assisté à la scène sans réagir, mais son indignation profonde avait atteint des sommets dont elle ne se serait jamais crue capable. Alors même que les parents des gamines hurlaient leur désespoir en les voyant s'éloigner, Marie avait eu un réflexe étrange. Tout comme Tiago auparavant, elle s'était jetée sur les gardes et fit lâcher prise l'un deux. Justine en avait profité pour aller se jeter dans les bras de sa mère, à deux mètres devant elle. Le militaire, furieux, avait projeté la jeune femme contre le mur et n'avait eu aucune peine à arracher une seconde fois la fillette à ses parents. Al-Farouk s'était énormément amusé de voir un de ses gardes attaqué, et perturbé, par une femme. Son rire gras avait rendu la scène caricaturale. Evidemment, un homme qui enlève deux petites filles avec un grand rire machiavélique… Avant de sortir, il avait jeté un regard sur Marie, à moitié assommée, et l'avait adoubée : « on dirait bien que ce groupe à deux leaders ; bravo à vous ». La sentence avait laissé planer une atmosphère détestable sur la cellule. A la douleur de voir le groupe amputé de ses deux plus jeunes membres, s'était ajoutée la perspective d'un traitement de faveur peu enviable pour Marie et Tiago.

Plus tard, celle-ci avait convaincu les autres prisonniers de ne pas parler de son intervention à Tiago, et avait passé le reste du temps à se demander quelle place tenait ses retrouvailles avec lui dans le fait qu'elle agisse de la sorte. Etait-elle devenue ce monstre qu'il avait si vigoureusement décrit ? Avait-elle porté secours aux gamines par réaction à cette accusation ? Ou cette humanité était-elle tapie au plus profond d'elle, ne demandant qu'à sortir à l'occasion ? Elle n'avait pas trouvé de réponse, et pour cause : il n'y en avait pas, comme il n'y a pas de vérité en la matière. Juste quelques barrières culturelles dures à franchir.

Campée devant la fenêtre, regardant les ténèbres s'étendant au loin, elle quitta sa réflexion lorsque son cerveau satura. C'en était assez et elle fut littéralement projetée hors de ses élucubrations. Se sentant soudain ridicule, elle se retourna vers le reste du groupe, qu'elle surplombait de son mètre soixante-quinze. En fait de compagnons d'infortune, elle ne voyait qu'un ramassis de déchets, détruits par la vie en général, et les dernières heures en particulier. L'espace d'un instant, son esprit de remit à vaquer en se demandant si leur présence à tous ici était bien le fruit du hasard ou bien une gigantesque parabole ironique d'une puissance supérieure. Affolé par l'évocation métaphysique, son cerveau satura pour la seconde fois en dix secondes. Elle sourît comme pour signifier à quel point elle se sentait bête. Elle observa une fois de plus ses camarades et se résigna à s'asseoir seule, n'ayant pas trouvé l'envie de parler à qui que ce soit.

Alors que ses fesses allaient toucher le sol, le bruit métallique de la porte la fit sursauter et tomber sur le côté. Même cause, même effet : ce fut, une fois de plus, la silhouette malingre d'Ibrahim Al-Farouk qui se dessina dans le bain de lumière.

« Mesdames, messieurs, les salua-t-il, toujours aussi cordialement.

- Ah te voilà, espèce d'enculé !, lui répondit Tiago, en s'essuyant rapidement les larmes aux coins de ses yeux.

Al-Farouk perdit son sourire en un quart de seconde. Il se retourna vivement vers l'effronté et le fusilla du regard.

- Monsieur Santos… Vous voilà réveillé. Vous avez fait un bon somme ?

- J'ai repris des forces pour te botter le cul, connard.

Un éclat de rire sincère accueillit cette deuxième provocation. La tentative de Tiago de concentrer toute l'attention sur lui avait quelque chose de désespérée. Sans compter que chacun commençait à connaître sa manie de vouloir à tout prix protéger les autres. Néanmoins, Al-Farouk savait bien que même s'il arrivait à communiquer son courage aux autres, le chemin qui le menait à une mutinerie était long. Et quand bien même, il avait suffisamment de gardes pour les tuer trois fois.

- Bien, assez rit, finit par déclarer le fonctionnaire. Je vais dem…

- Où sont Denise et Justine ?, l'interpella vigoureusement Lailana, se débarrassant des bras de son mari qui tentaient de la retenir.

- Elles vont bien, je vous en fais la promesse. Croyez bien que cela m'attriste d'employer de telles méthodes…

- Mais quelle espèce de gros bouffon !, explosa Tiago, entre dégoût et hilarité. Ça vous attriste ? Alors ne le faites pas ! Les gamines ont 5 et 10 ans, qu'est-ce que ça changerait de les interroger avec leur mère ou leur père ? Hein ? Arrêtez votre numéro et soyez honnête au moins.

Tiago s'était levé au milieu de sa tirade et faisait face à Al-Farouk. Un des gardes avait voulu intervenir pour l'empêcher de s'approcher trop près, mais son chef l'avait retenu. Ils faisaient la même taille et avaient une carrure également chétive. Leurs fronts se trouvaient à vingt centimètres l'un de l'autre dans ce qui ressemblait de plus en plus à une affaire personnelle. Tiago avait mis le paquet pour concentrer toute la haine du fonctionnaire. Et, à en juger par le regard noir de celui-ci, il faisait du bon travail.

- Vous voulez que j'arrête mon numéro, monsieur Santos ?

- Oui, c'est exactement ça.

- Vous voulez que je sois honnête ?

- Oui.

- Que j'arrête de jouer au gentil ?

Tiago comprit le traquenard dans lequel Al-Farouk l'amenait. Par réflexe, il fit un léger pas en arrière et tira un léger sourire entendu de son adversaire. En silence, il continua de reculer et alla s'appuyer contre le mur. Dans un geste de défaite, il baissa les yeux. Son opposant était mieux armé que lui. Il avait trop d'atouts, sans compter qu'il paraissait extrêmement intelligent.

- Sommes-nous d'accord, monsieur Santos ?, demanda ce dernier, enfonçant goulûment le couteau dans la plaie.

- Oui.

- Monsieur Christophe ?, appela Al-Farouk en ne quittant pas Tiago des yeux.

213

Aucun des autres prisonniers ne bougea. Marie et Tiago se regardèrent en s'interrogeant. Aucun d'eux deux ne savait de qui il s'agissait. Jacques ou Thierry ?

- Cette situation me déplaît autant qu'à vous, figurez-vous, finit par s'agacer le responsable. Contrairement à ce que vous pouvez croire, nous autres, Libyens, n'aimons pas particulièrement retenir des gens contre leur gré à 2 heures du matin ! Je n'aime pas être là et je n'aime pas ce qu'il se passe. Mais la situation ne changera pas d'un iota. Alors veuillez y mettre un minimum de bonne volonté puisque vous savez très bien que vous n'avez pas la moindre chance de vous échapper. Alors, je l'ordonne une deuxième fois : monsieur Christophe, levez-vous et suivez-nous !

De toute évidence, Al-Farouk avait bel et bien décidé d'arrêter de jouer au gentil. Il y avait toujours quelque chose de très distingué chez lui, mais il ne mettait plus aucune bonne volonté. Et son ordre sonnait comme une menace. D'une manière générale, il venait d'annoncer la couleur à ses invités : encore un dérapage de ce genre, et les interviewés seraient emmenés à coups de poings.

Un silence pesant fit craindre le pire à Tiago. Al-Farouk resta stoïque un instant, puis se tourna vers un des gardes. Et ce ne fut que lorsque celui-ci commença à s'avancer que Thierry se décida à se lever.

- J'arrive », déclara-t-il sobrement.

Il embrassa sa femme, lui intima de garder de l'espoir et du courage, se redressa et, particulièrement digne, prit le chemin de la sortie. Al-Farouk le laissa passer et sortit en dernier de la cellule. Mais, avant de refermer la porte, il se retourna, regarda Marie, puis Tiago, puis Marie à nouveau, sourît mystérieusement et sortit, laissant les cinq rescapés dans l'obscurité. Aucun ne jugea bon de commenter ce qui venait de se passer.

Tiago essayait d'analyser la situation avec objectivité. Les quatre prisonniers qui avaient été extraits de la cellule étaient parfaitement à même de résister aux conditions de détention. A condition que les fillettes soient protégée un minimum. Restaient Lailana, Françoise, Jacques, Marie et lui. Or, chacun d'entre eux subissait une torture personnalisée. La première avait vu toute sa famille partir avant elle et n'avait plus qu'à imaginer leur devenir. Le couple de septuagénaires souffrait le martyr, assis et adossés à la pierre, brûlé par ses blessures. Quant à lui-même, Al-Farouk s'était surpassé en lui faisant miroiter un « traitement de faveur » et en le laissant baigner dans l'incertitude. Exemple type de torture psychologique. Seul manquait un élément de l'équation : Marie. Et Tiago était typiquement le genre de personne à refuser frénétiquement de bâcler une démonstration. Le corps lourd et endolori, il se rapprocha de Marie et vint s'installer à côté d'elle.

« Comment va ?, demanda-t-il.

- Autant que possible.

Sa réponse était empreinte de lassitude et de vagabondage spirituel. Lui-même assez agacé des petits jeux en tous genres, il prit le parti d'être direct.

- Marie, il y a quelque chose que j'aimerais aborder avec toi...

- Je t'écoute.

Il avait capté, autant que possible, son attention. Elle le regardait étrangement, mais paraissait concentrée.

- Est-ce que, par hasard, tu aurais fait quelque chose qui déplaise à Al-Farouk ?

Marie constata avec surprise qu'il avait réussi à comprendre la position difficile dans laquelle elle s'était mise.

- Qu'est-ce qui te fait dire ça ?

- Et bien... Disons que... Les quatre qui sont partis de cette cellule n'avaient pas de problème particulier à y rester. J'entends par là que ça n'aurait pas été une torture pour eux de ne pas être appelés dans les premiers. En revanche, nous cinq, ou plutôt nous quatre, on a tous une bonne raison de vouloir en finir.

216

- De quoi tu parles ?

- Françoise et Jacques seraient mieux n'importe où plutôt que sur cette pierre, vu leur état physique. Lailana a vu ses enfants et son mari emmenés et elle se retrouve seule avec, en plus, l'angoisse de se demander ce qu'ils deviennent. Moi, Al-Farouk m'a promis une séance de torture aux petits oignons et me laisse mijoter dans la perspective de ce petit plaisir. Tu saisis ? On nous torture psychologiquement. Je ne crois pas à une coïncidence. Et dans ma logique, j'ai remarqué que toi, tu n'avais apparemment aucun problème à rester ici.

- Ben non, et alors ?

- Et alors si ma théorie est bonne, soit tu as effectivement un genre de torture à subir ici, soit tu aurais dû être emmenée avant Thierry qui, lui, était séparé de ses filles ici. Tu vois où je veux en venir ?

- Oui, mais je n'en sais rien. Mon seul problème ici, c'est le manque de confort et l'angoisse d'attendre mon tour. Et puis, tu oublies quelque chose.

- Ah bon ?

- Ben oui : et si c'était pire, dehors ? Et si leur interrogatoire était une super séance de torture ?

- Alors on angoisserait un bon petit moment avant de la subir, et ça ne ferait que nous briser un peu plus.

Tiago avait le sentiment que Marie lui mentait. Par arrogance, peut-être, par déduction, sans doute, il était sûr d'avoir bon sur toute la ligne. De plus, les yeux de son amie d'enfance ne lui inspiraient pas confiance. Il laissa sa théorie en suspens quelques secondes, afin de préparer son second assaut. Il avait résolu de lui tirer les vers du nez. Ces heures d'angoisse étaient trop intenses pour laisser passer pareille chance de se divertir. Il s'éclaircit la gorge et s'étira en bâillant.

- Admettons que je me plante. Ce type connaît nos identités et nos vies, puisqu'il savait que Jean était recherché par Interpol. Tu crois vraiment qu'il laisserait pourrir la directrice du pôle Afrique d'Areva sans une bonne raison ? Tu vaux de l'o, pour eux, et tu représentes une compagnie qui bosse pas mal ici. Sans compter, évidemment, qu'Areva est quand même une société publique.

- Ecoute, Tiago, je ne sais pas quoi te dire. Je suis là, comme toi, j'attends que ça passe. Je voudrais bien t'aider, mais je ne vois pas de quoi tu parles.

Il était contrarié de ne pas trouver la faille dans le discours empli de mauvaise foi de Marie. Il jeta un regard autour de lui, en quête d'inspiration. Le déclic intervint lorsqu'il posa les yeux sur Lailana.

- Les filles…, murmura-t-il, laissant échapper une bribe de la réflexion intense qui cheminait dans son esprit.

- Quoi, les filles ?, demanda Marie, le sentant proche du but.

- Tu n'osais pas regarder Lailana et Thierry dans les yeux tout à l'heure. Il y avait quelque chose comme un psychodrame qui s'était déroulé et je soupçonnais que c'était allé encore plus loin que l'enlèvement des gamines. Et puis quand Al-Farouk est parti, il nous a regardés tous les deux comme s'il nous mettait sur le même plan.

- Tiago…

- Qu'est-ce que tu as fait ? Tu t'es opposé à eux, c'est ça ?

Marie resta muette mais exprima clairement une forme de honte. Elle fixait ses pieds et refusait d'aborder le sujet avec Tiago. Il serait trop fier de lui. Et elle ne voulait pas lui donner raison.

- Bien sûr que non, je ne suis pas suicidaire, mentit-elle.

- Je suis sûr que si. Et tu refuses de me le dire parce que tu as peur que je prenne ça comme une victoire.

Le silence qui fit office de réponse était élo-quent. Il avait force de confession, mais Tiago voulait se justifier.

> - Ecoute-moi, écoute-moi bien Marie. Tout noble qu'ait été ton geste, il ne rattrape rien. Notre conditionnement culturel fait qu'on est capables de silence comme d'hé-roïsme. Demande-toi ce qui est le pire. Je suis content, vraiment, que tu n'aies pas laissé faire ça aussi facilement. Mais ça ne te confère aucune dimension autre que ponc-tuelle et je ne peux donc pas en tirer une quelconque gloire. Lorsque tu assumeras ce genre de gestes, j'estimerai que je t'ai convaincue. En attendant, on est toujours aussi différents.

Marie n'avait pas levé les yeux malgré l'insup-portable arrogance des propos de Tiago. Il y avait un bout de vérité dans sa tirade. Et elle ne pouvait pas to-lérer que son mode de vie à elle soit ainsi dénigré. Qu'ils soient différents passe. Mais elle était femme à considérer qu'il n'y a pas de vérité absolue en la ma-tière, simplement des opinions parfois divergentes.

> - Je me suis levée et j'ai poussé un des gardes. Une des petites en a profité pour re-joindre sa mère. Le type m'a projetée contre le mur et il a rattrapé la gamine. Voilà. Fin de l'histoire. Je ne suis pas une héroïne, j'ai aucun complexe par rapport à

ça et je ne voulais pas que tu le saches pour que tu n'en tires aucune conclusion hâtive.

- Je n'en tire aucune conclusion hâtive.

- Bien. Dans ce cas, on n'en parle plus.

- OK.

Tiago se sentit soudain particulièrement égoïste et vain de parler de ça avec Marie pendant que leurs trois codétenus agonisaient dans leur coin. Mais en lieu et place du courage précédent, une profonde lassitude teintée de tristesse s'empara de lui. Il n'eut pas la force d'aller réconforter les infortunés. Il s'en voulait, bien sûr, mais c'en était trop. Il sentait que son corps n'avait plus suffisamment d'énergie. Son esprit non plus. Il avait besoin de repos. Encore. Il se redressa quelque peu et entreprit de fermer les yeux.

- Tiago ?

Ses paupières se rouvrirent. Quelques secondes après avoir sollicité son silence, Marie l'interpellait.

- Je peux te poser une question ?

- Tu viens de le faire…

- Ha ha, feignit de rire Marie. Non, je suis sérieuse. C'est un truc important…

- OK, vas-y.

- Je peux savoir ce qu'il y a… ce qui t'es arrivé… à… tu sais…

- A mes poignets ?

Tiago avait vu venir la question de très loin. Ça ne le dérangeait pas. Il avait l'habitude qu'on lui demande. Marie, elle, était considérablement gênée.

- Oui, c'est ça.

- Je ne suis pas tellement sûr d'avoir envie de parler de ça, tu sais.

- Oui, je m'en doute… Je suis désolée.

Mais, alors que la discussion semblait close, une voix chevrotante et bouleversée se fit entendre. Lailana se leva et plongea ses yeux embués dans ceux du jeune homme.

- On a tous vécu des drames dans nos vies, certains en vivent en ce moment même. Il n'est pas inconcevable de penser que nous allons rester ici ensemble un bon moment. Peut-être même mourir ici. Et si c'est le cas, moi aussi j'aimerais savoir ce qu'il t'est arrivé.

Tiago n'avait pas regardé Lailana. Il avait pris la mesure de Marie, dont il arrivait peu ou prou à contenir la fougue verbale. Mais la trentenaire qui se tenait face à lui était d'une autre trempe. Ses enfants et son mari lui avaient été enlevés, et elle était debout. Une force extraordinaire émanait d'elle. Comme si le temps de l'effondrement était révolu pour laisser place à celui de l'espoir et de la détermination.

Avec un geste d'intense solennité, mais sans parvenir à dissimuler sa douleur, Tiago se leva et fit face à ce qu'il devait bien considérer comme un auditoire. Il n'avait certes aucune envie de s'épancher sur ses malheurs passés, mais l'insistance des deux femmes le fit réfléchir. D'un côté, le rôle qu'il s'était octroyé l'obligeait à donner une certaine forme d'exemple. De plus, il savait que, dans leur position, il aurait lui-même réclamé de toutes ses forces d'entendre une histoire, n'importe laquelle, susceptible de briser la morosité ambiante. Mais quelque chose l'empêchait de se mettre à nu. Une pudeur, une crainte, ou tout simplement la volonté de se tenir à ses nouveaux préceptes. Il n'était plus qu'un instrument, il avait fait don de sa vie à l'humanité. Du moins s'y était-il résolu. En un éclair, il comprit enfin le ridicule et la contradiction d'une telle décision. D'après lui, ce que son prochain désirait, il devait lui accorder. Or, deux femmes en situation de détresse intense le priaient de raconter son suicide.

Pour la première fois depuis qu'il avait résolu de ne plus vivre sa vie que pour son prochain, il réalisa combien tout ceci était lamentable. Bien sûr, il souhaitait plus que jamais dédier ses prochaines années à aider la population nigérienne. Mais le faire avec une telle violence, une telle brutalité ne faisait que décrédibiliser sa démarche et la rendait contre-productive. Une logique si poussée, une remise en cause si fréquente épuisaient l'esprit pourtant vif de Tiago. Chaque idée qu'il nourrissait ne menait qu'à un autre dilemme, comme un arbre voyait ses branches se subdiviser encore et encore. La logique était insoluble, mais son cerveau refusait d'abdiquer.

Campé sur ses pieds, hébété par sa réflexion intense et sa fatigue physique, Tiago semblait en transe. Marie et Lailana échangèrent un regard étonné et ce fut la première qui brisa l'insolite silence.

- Tiago ? Tu te sens bien ?

Il secoua la tête comme pour dissiper encore un peu les brumes de son esprit. Il se racla la gorge et entreprit de mettre les choses à plat. Après tout, rien ne permettait d'affirmer qu'il n'allait pas mourir ce soir, dans cette prison. Rien n'assurait, à l'inverse, qu'Al-Farouk ne viendrait pas couper court à son récit en lui proposant une confession d'un tout autre genre. Il s'apprêtait à se révéler à une inconnue et une amie perdue, et leur attention lui inspira un sentiment grisant d'importance. Qu'il réprouva aussitôt.

> - Bon, vous n'êtes pas des idiotes. Donc vous avez sans doute deviné pourquoi j'ai ce pansement sur mon poignet.

Il s'appuya sur le mur et entreprit, lentement, de remonter sa manche pour laisser voir celui des deux bandages qu'il devait toujours porter. Puis, devant l'impatience manifeste des deux femmes, il s'enhardit au point de retirer le pansement. Marie détourna le regard, sous le coup de l'émotion. Lailana fixait la plaie avec insistance, hypnotisée par l'impressionnante cicatrice. Derrière elles, Jacques, au côté de son épouse endormie, avait assisté à la scène et jeta à Tiago un regard où se mêlaient détresse et incompréhension. Le long de son avant-bras, une série de crevasses conféraient à Tiago un aspect monstrueux. La folie destructrice qui s'était emparée de lui ce soir-là l'avait mené à se scarifier intégralement, jusqu'à multiplier les incisions le long de ses poignets. Malgré tout cela, il avait réussi à survivre et c'était sans doute là ce qui impressionnait le plus Lailana. Marie, quant à elle, ne parvenait pas à reposer son regard sur ce qu'il restait de l'ami quel avait tant aimé. Celui-ci replaça son bandage, s'éclaircit la gorge et se redressa.

> - Il y a environ un an de cela, j'ai essayé de me suicider, annonça-t-il sobrement. Pour des raisons… diverses. Je me suis positionné devant un miroir, j'ai sorti une lame de rasoir et je me suis entaillé les veines. Le tableau, la douleur, ou je ne sais quelle fascination face à la mort, quelque chose m'a rendu momentanément fou et j'ai commencé à entailler l'ensemble de mon corps. Heureusement, ou pas, les cicatrices sur le visage ont disparu… Mais certaines sont restées.

Il laissa sa phrase en suspens et dégrafa, un à un, lentement, les boutons de sa chemise. Une fois l'opération achevée, il prit une profonde inspiration, leva les yeux vers les deux jeunes femmes en ignorant le septuagénaire et ouvrit les deux pans du vêtement.

Lailana murmura un « mon Dieu » trahissant l'émotion que son visage masquait. Jacques détourna le regard et s'efforça de conserver une expression détachée. Quant à Marie, elle porta sa main à sa bouche et fondit en larmes. Ses bruyants sanglots obligèrent Tiago à refermer sa chemise brusquement. Il savait que l'exhibition de son torse provoquerait une réaction vive, mais il ne s'attendait pas à voir la si cynique Marie en venir aux larmes. Lui-même choqué, il assista sans réponse au changement d'attitude de ses acolytes. Le respect et la considération laissèrent perceptiblement place à de la crainte et, pire encore, à de la compassion. Seul Jacques eut la décence de masquer son désarmement, mais son regard détourné était évocateur.

Lailana et Tiago se regardèrent. Un bruit. Ou plutôt non : une onde. Une sorte de vibration quasiment imperceptible. Seuls eux deux semblaient l'avoir senti et pourtant, ils ne pouvaient pas l'ignorer. Ce phénomène inexplicable eut le don de les sortir de leur torpeur respective.

> - Tiago, murmura Marie. Tiago, pourquoi tu as fait ça ?

L'intéressé émit un sourire énigmatique. A vrai dire, il ne savait pas par où commencer. Etait-elle seulement capable de comprendre ? Il leva les yeux vers le plafond, à la recherche de l'inspiration et finit par se rasseoir. Après quelques secondes de réflexion, dont Lailana profita pour aller à son tour récupérer sa place, Tiago prit une profonde inspiration et résolut d'aller au bout. Il tourna son regard vers Marie, afin de l'impliquer à nouveau. Elle avait voulu savoir, elle allait être servie. Sa réalité à lui allait lui être exposée. Peut-être qu'ainsi, elle cernerait mieux les enjeux de la sienne.

> - Depuis mes 10 ans, j'ai conscience que... »

Sa première phrase n'avait pas pu s'achever avant qu'Ibrahim Al-Farouk, flanqué de ses cerbères, n'ouvre la porte et ne fasse son apparition. Le bruit qui accompagna son entrée tira Françoise de son sommeil, tandis que les quatre autres prisonniers observaient, en silence, le fonctionnaire pénétrer théâtralement dans la cellule.

> « Mesdames, messieurs...
>
> - On vous manquait ?, répliqua, acide, Jacques.
>
> - Ce n'est pas précisément le terme que j'aurais employé, répondit Al-Farouk, imperturbable.

Le ton qu'il employait montrait clairement qu'il restait sur l'irritation de sa précédente visite. Il n'avait pas pardonné le comportement de ses otages, et entendait asseoir son autorité.

> - Bien, ponctua-t-il dès qu'il fut sûr de faire face à un auditoire attentif et docile. Je

viens chercher monsieur et madame Lan-
gelle. »

A peine perturbé par leur appel, Françoise et
Jacques échangèrent un regard entendu et se levèrent.
Tandis que l'homme se dirigeait, digne, vers la porte
sans requérir l'aide d'un des gardes, la femme prit la
main de chacun de ses compagnons en plongeant ses
yeux dans les leurs. A tour de rôle, ainsi, elle leur signifia sa crainte et sa considération, son angoisse et sa
gratitude. D'un mot, Al-Farouk lui intima d'abréger
les adieux et sortit sans rien ajouter. Très lentement,
elle quitta la pièce à son tour.

Ils n'étaient plus que trois, et Marie s'en voulut
de penser que le départ des deux septuagénaires était
sans aucun doute le moins traumatisant. Elle réprouva
cette idée en se disant que la répétition des psycho-
drames les adoucissait.

Tiago fut plus touché. Il voyait les minutes défiler les unes après les autres et le nombre de ses compagnons s'amenuiser. Il détestait la fatalité de cette situation et, sa nature étant ce qu'elle était, il s'en voulait de ne rien pouvoir y faire. Il soupira profondément afin d'évacuer le stress qui l'envahissait, et ferma les yeux pour faire le vide.

La pièce resta silencieuse un moment. Chacun
assis dans coin méditait sur ce qu'il allait devenir, ou
sur ce qu'il était devenu. Les regards ne se croisaient
pas, les mouvements ne se remarquaient pas. Une
profonde tristesse les avait embrassés depuis long-

temps, mais elle ne s'était jamais manifesté aussi vivement qu'après le départ des deux membres les plus discrets du groupes des otages de Tripoli.

« Tiago… Tu veux bien continuer ?

Lailana s'était exprimée avec douceur, sans quitter le plafond des yeux. Elle semblait être celle qui supportait le mieux la torture qui leur était imposée. Détachée, légère, elle paraissait, à cet instant, parfaitement insubmersible. Une admiration commune laissèrent Marie et Tiago silencieux quelques secondes, avant que ce dernier n'accède à la demande.

- Je suis journaliste. J'ai toujours voulu l'être. J'avais cette espèce de rêve fou qu'une plume disant la vérité pouvait éclairer les consciences. Et puis, l'âge aidant et les expériences se multipliant, j'ai vu des couples faire des enfants par pur narcissisme et les délaisser, des entreprises priver des gens de leurs emplois pour mieux exploiter de la main d'œuvre à bas coût, les journaux ouvrir sur la mort d'une star et garder le silence sur les massacres d'Etat dans les tyrannies diverses, la vie suivre son cours sans que quiconque ne trouve quoi que ce soit à en redire. Chacun vivant son quotidien sans considération pour son voisin. L'égoïsme, l'ambition, la cruauté, l'insensibilité, tout ceci a fini par me toucher de plus en plus violemment. Je me disais que je finirais par m'y faire, que le temps ferait son œuvre et que je grandirais. Sauf que si grandir signifie devenir insensible à mon tour, je refuse catégoriquement de grandir. C'est aussi simple que cela.

Tiago marqua une pause pour reprendre son souffle. Lailana le fixait intensément tandis que Marie regardait dehors. Elle paraissait ne pas prêter attention à son récit, mais il savait qu'il n'en était rien. Il s'efforça de conserver un ton neutre, malgré l'émotion qui l'étreignait.

- Il y a environ un an, donc, j'en étais à un stade de dépression avancée. Je ne supportais plus le monde dans lequel je vivais. C'en était devenu physique. Je me levais avec une impression de dégoût. Je n'avais aucun répit. Et je vous assure que c'est très épuisant. Pas d'endroit où me sentir bien, en sécurité, à l'abri. Pas de respiration. Même mon sommeil était éreintant.

Il marqua une nouvelle pause. Son corps commençait à le lâcher de nouveau. Mais il était allé trop loin, il lui fallait terminer son récit. Elles devaient savoir, elles devaient comprendre. Il ignorait d'où lui venait cette subite envie de partager son mal-être avec ses acolytes.

- J'avais une petite amie. Anne. Elle me donnait la force de continuer et de croire aux lendemains qui chantent. Je l'aimais vraiment et il me semblait qu'il n'y avait qu'elle qui me comprenait. Elle était belle, sensible, drôle, tout ce que je recherchais chez une femme. Evidemment, ça ne me suffisait pas à être heureux, loin de là, mais j'avais une bouée de sauvetage. Un socle. Enfin, si on peut dire. Voilà. Dans ma situation, il suffisait de pas grand-chose pour me pousser au désespoir. Et puis, plutôt que pas grand-chose, j'ai vécu un drame. Rien d'extraordinaire, malheureusement. Un truc banal et commun. Un jour, je rentre plus tôt du boulot et je tombe surelle en pleine action avec un type. C'est tout. Fin de l'histoire. Le reste, c'est de la souffrance, des cauchemars et un suicide raté. J'ai raté ma vie et j'ai envisagé le plus sereinement du monde d'y mettre fin. J'ai toujours l'impression que la plupart des suicides proviennent de crises intenses et passagères. Comme un coup de folie momentané. Pas pour moi. Je me suis assis à une table, j'ai mis les choses à plat, j'ai réfléchi au sens de la vie, au sens de ma vie et j'ai résolu très froidement, presque logiquement, que la meilleure solution était de me suicider. Et, vous savez, encore aujourd'hui je regrette de ne pas avoir réussi. Je pense que la plupart des gens a trop peur de la mort. Moi, je pense qu'il s'agit, dans la plupart des cas, d'une délivrance. Bien sûr, c'est très radical. Mais il suffit de peser sciemment le pour et le contre, et d'en tirer la meilleure conclusion. On est culturellement conditionnés à essayer de nous sortir de nos ennuis par nous-mêmes, à tout prix. Je pense que ce n'est pas une fatalité. Et je conseille à quiconque touche le fond ou ne voit pas d'échappatoire à certains problèmes de réfléchir sérieusement à l'idée de se suicider.

En entamant ce récit, Tiago avait prévu de s'arrêter là. Après tout, leur requête ne concernait que les raisons de sa tentative de suicide, pas ce qui avait suivi. Mais, probablement parce qu'il freinait ses émotions, il s'était trouvé galvaudé et profita du silence pour poursuivre. Ce fut d'ailleurs à la surprise des deux jeunes femmes que son histoire trouva une suite.

- C'est mon frère qui m'a trouvé inconscient. Il s'en est fallu de peu, mais on m'a sauvé. Je ne sais d'ailleurs pourquoi on essaye toujours sauver quelqu'un qui de toute évidence ne souhaite pas l'être. Bref... J'ai passé plusieurs semaines à l'hôpital, puis quelques mois en hôpital psychiatrique. On m'a gavé de médicaments et je me suis transformé en zombie. Mes cicatrices me faisaient mal et mes traitements lourds m'empêchaient, la plupart du temps, de marcher correctement. Donc, quand je suis sorti de l'hôpital, je suis allé vivre chez mon frère et j'ai passé à nouveau plusieurs semaines à regarder la télé sans rien dire, sans rien penser. Les médocs m'enlevaient mes démons et c'est d'ailleurs pour ça que je n'ai jamais demandé un allégement de traitement. Mais j'étais une vraie loque. Je voyais bien que mon frère le vivait très mal. Il faisait des efforts pour que je retrouve un peu goût à ma vie. Alors j'ai essayé. J'ai commencé à baisser un peu mes doses, sans rien lui dire. Je ne savais pas du tout quel effet ça allait avoir, mais j'imagine que ce qui pouvait m'arriver de pire, c'était justement ce à quoi j'aspirais pas si longtemps avant. En tous cas, j'ai commencé à me sentir un peu plus conscient. Chaque jour qui passait me réveillait un peu. Et puis, un beau jour, est arrivé ce qui devait arriver. Mes démons sont revenus sous la forme d'un Nigérien. Boubacar. Des flics ont essayé de l'embarquer en bas de chez mon frère. Lui poussait des cris horribles, des cris insupportables. Pourtant, les flics le tabassaient toujours plus, et les passants regardaient la scène mollement. Aucun n'a réagi, alors j'ai utilisé ce qu'il restait de mes jambes pour descendre aider ce type. Evidemment, mon corps n'a pas vraiment tenu le choc et mon intervention a été pitoyable. Résultat : les flics nous ont embarqués tous les deux.

Les deux femmes écoutaient silencieusement le récit de Tiago. Même si au moins l'une d'elle n'en avait pas envie.

- Cette nuit-là, j'ai décidé de donner un nouveau sens à ma vie. Boubacar et moi, on a parlé pendant des heures. On s'est raconté nos vies et il m'a expliqué qu'il avait été chassé de sa ville, Imouraren, parce que la mine où il travaillait avait été rachetée par Areva et qu'ils avaient renvoyé du monde. Du coup, il est venu en France chercher de l'argent. En l'écoutant parler, j'ai pris conscience que je ne me débarrasserais jamais de mon dégoût de la vie. En revanche, à la place de mes idéaux ridicules, je pouvais toujours adopter une solution plus pragmatique. C'est pour ça que j'ai juré de vouer toute ma vie à rendre celle des autres meilleures. A commencer par le quotidien des gens d'Imouraren. Comme je l'ai dit précédemment à Jean, le plus surprenant là-dedans est sans doute que tout ceci s'est passé avant-hier. Lorsque j'ai été remis en liberté, j'ai foncé prendre quelques affaires chez mon frère, je lui ai piqué de l'argent et je suis parti pour le Niger. Et me voici.

Toujours écœuré de vivre et toujours résolu à utiliser ma vie pour ceux qui en ont vraiment besoin.

Lailana n'attendit pas longtemps avant de lui poser une question extrêmement surprenante. Il venait de lui raconter sa déchéance avec une sincérité sans pareil, et le sujet qu'elle choisît d'aborder ne concerna ni le choix du rasoir, ni le pourquoi d'une telle impulsivité.

- As-tu revu Anne après ce que tu as vu ?

- Je… Mais… Non, je ne l'ai jamais revue. Et le plus curieux dans tout ça, si tu veux tout savoir, c'est qu'elle ne m'a pas vu la surprendre. Putain si vous saviez à quel point ça fait mal. De voir ça. J'ai refermé la porte et je suis parti. J'ai jeté mon téléphone portable dans une poubelle et je suis allé chez mes parents qui étaient en vacances à ce moment-là. Je pensais y mourir tranquillement, mais Bruno est arrivé. Personne n'a jamais su que je l'avais vue ce jour-là. Pas même elle. J'imagine qu'elle a dû deviner. Je ne sais pas si elle est venue me voir à l'hôpital, j'étais trop dans les vap'. Aussi cruel et ironique que ça puisse paraître, la dernière fois que je l'ai vue, c'était pendant qu'elle se faisait baiser par un autre. »

La violence délibérée de l'expression firent se lever les yeux de Lailana, toujours impassible. Suivit un silence gêné de quelques minutes, durant lequel Tiago regretta de s'être trop confié. Rien ne laissait paraître le moindre état de choc chez Lailana et Marie. Plusieurs fois il chercha leurs regards, mais sa démarche resta vaine. Il ignorait s'il les avait déçues ou abattues. Elles persistaient dans leur mutisme. Aussi résolut-il de s'y complaire lui aussi. Il s'installa le plus confortablement possible et ferma les yeux, se laissant récompenser par le sommeil, sinon du juste, du moins du méritant.

La cellule autour de lui était plus claire. Autour de lui, tous étaient rassemblés mais, contrairement à ce qu'il avait connu, la joie et la bonne humeur semblaient régner. Lailana jouait avec ses filles sous le regard aimant de son mari. Jacques massait tendrement les épaules d'une Françoise aux anges, tandis que Marie et Jean discutaient du charme absolu de Rome à cette période de l'année. Un sentiment étrange de gêne l'envahit. Comme si quelque chose dans ce tableau ne collait pas. Evidemment, rien ne collait. Mais il y avait un détail tout particulier qui le saisit : tous les protagonistes étaient plus âgés. Tous, sauf Lailana. Comme si le temps n'avait pas eu d'emprise sur elle. Comme si sa solidité avait été telle que la vieillesse ne l'avait pas atteinte. Remarquant son réveil, le groupe lui sourit et le salua chaleureusement. L'ensemble de la scène respirait la joie de vivre, et son confort commençait à s'installer. Soudain, le groupe s'écarta pour laisser passer Lailana. Gracieusement, elle se pencha sur lui et lui murmura à l'oreille : « la vie vaut la peine d'être vécue, Tiago. Libre à toi d'en faire ce que tu veux. Tu auras d'autres bouées de sauvetage et, si tu as la chance qui t'a fuie jusqu'ici, tu connaîtras des bonheurs qui te feront oublier les désordres du monde. J'étais comme toi, avant. Et regarde-moi. Regarde-nous. Tu seras heureux Tiago. Toi aussi, tu seras heureux ».

Baigné par les paroles optimistes de la jeune femme, il la regarda en toute béatitude s'éloigner. Mais au lieu de rejoindre sa famille, elle prit la direction de la porte. Et c'est en le fixant qu'elle en franchi le seuil. Il cria après elle, il lui hurla de revenir. Il regarda impuissant sa famille la laisser partir. Il leur demanda pourquoi, mais ils ne répondaient pas. Sereins, toujours sereins. Lorsqu'il cessa d'hurler, elle était déjà loin, et lui infiniment triste.

Tiago se réveilla encore une fois en sursaut. Il n'ouvrit pas les yeux dans un premier temps mais, lorsque la cellule s'exposa de nouveau à sa vue, ses craintes se confirmèrent : Lailana n'était plus là.

8 – Entrevues

« Elle est où ?

Inquiétude et solitude. Tiago ne s'adressait pas tant à Marie qu'à lui-même. Sa question purement rhétorique se perdit dans l'obscurité de la cellule. Ils étaient encore deux et, pourtant, un intense sentiment de vide remplissait la pièce. Autrefois remplie d'angoisse et de neuf otages, elle ne comptait plus que les leaders assumés ou accidentels du groupe. Al-Farouk n'avait pas menti : il s'était gardé le meilleur pour la fin. Le petit plaisir du tortionnaire d'Etat. Une telle condition ne permettait sans doute pas beaucoup de folies, aussi devait-il se réjouir particulièrement que leur attitude lui offre cette chance. Marie serait la première, lui viendrait après. C'était logique. C'était prévisible.

Tiago leva les yeux et découvrit sa camarade désemparée. Depuis la révélation de ses cicatrices, elle avait gardé les yeux baissés et la bouche fermée. On aurait dit que quelque chose avait cédé. Le stress, les confrontations, les départs successifs de ses compagnons et l'inéluctabilité du sien avaient eu raison de ses tentatives de résistance. Les crises de larmes succédaient aux phases d'autisme muet qui succédaient aux crises de larmes… L'espace d'un instant, Tiago eut presque de la compassion pour son amie d'enfance.

239

Mais l'urgence du moment ramena au premier plan leur querelle précédente. Il ne savait s'il devait la haïr ou retrouver son amitié pour elle. Malgré la haine qu'elle aurait dû lui inspirer, elle avait su réagir humainement à l'enlèvement de Denise et Justine et, quoi qu'il ait pu dire, cela la rachetait au moins un tout petit peu à ses yeux.

- Marie ?, l'appela-t-il timidement.

Aucune réponse ne vint. Elle demeurait figée, le regard braqué sur le mur lui faisant face. Une statue.

- Marie, réponds-moi s'il te plaît.

Toujours rien. Il commençait à s'inquiéter de l'état de santé psychique de sa dernière codétenue. Il se leva péniblement, fatigué et meurtri, et alla s'asseoir à proximité de Marie. A deux mètres, pas moins, pour ne pas l'oppresser. Il attendit quelques secondes, en s'assurant simplement qu'elle était bien consciente et éveillée.

- Marie, tu m'inquiètes là…

- Je vais bien, lui répondit-elle placidement.

- Tu es sûre ? On dirait que tu es en train de craquer là.

- Ce n'est pas ça. Je t'assure, c'est… pas ça…

- Alors dis-moi. C'est à quoi ? C'est à cause de ce que je me suis fait ?

Marie demeura silencieuse quelques instants. Une larme perla à nouveau au coin de son œil et elle ne tenta même pas de la dissimuler. Ils avaient renoncé depuis bien longtemps à se prendre mutuellement pour des imbéciles.

> \- En fait, je ne comprends pas vraiment. Je veux dire… Je sais bien que je suis égoïste, que je ne pense qu'à mon ambition, etc. Mais c'est peut-être con à dire mais on ne vit qu'une fois, et je n'ai pas envie de sacrifier mon existence à essayer de rendre celle des autres un petit peu moins horrible. Et je refuse de me considérer comme un monstre pour ça. Je suis simplement réaliste et consciente que je ne ferais rien changer. Je préfère être pleinement heureuse et laisser les autres mener la vie qu'ils peuvent, plutôt qu'être misérable et donner trois instants de bonheur à cinq personnes. Alors oui, d'accord, c'est égoïste, sans doute… Mais putain, j'en reviens toujours à ça : je suis heureuse et pas toi. Et ce n'est pas juste.

Elle s'attendait à une réaction de la part de Tiago, mais celui-ci la regardait patiemment. Manifestement, il était résolu à l'écouter jusqu'au bout. Tant mieux.

> \- Je sais que je suis sèche et cruelle. Mais regarde-toi Tiago : tu es un homme détruit.

Tu es maigre, pâle, ravagé, torturé. Tu aspires à un idéal que tu ne pourras jamais atteindre. Merde, tu es bourré de contradictions, tes décisions sont le fruit d'une réflexion longue et impulsive à la fois, tu insulterais presque les gens à force de vouloir les aider et les protéger. Et pourtant… Malgré tout cela, malgré tout ce que tu as subi et continues de subir, tu tiens bon. Tu t'en tiens à ta résolution. Et du coup, la façon dont tu vis ta vie me ramène à la façon dont je mène la mienne. Quand je sortirais de là, je ne changerais rien. Mais il y aura quelque chose au fond de ma conscience qui me tourmentera toujours. Donc on peut dire que tu as gagné, d'un certain point de vue. Mais rends-toi bien compte d'une chose : les Nigériens que tu envisages d'aider, tu les rendras sans doute un peu, un tout petit peu plus heureux. Mais nous autres, tous ceux que tu méprise ou que tu hais parce qu'on ne partage pas point par point tes valeurs, tu nous rends un peu plus malheureux. Je suis désolée Tiago, mais c'est la vérité.

En effet, il avait écouté jusqu'au bout. Calmement, sans manifester le moindre agacement ou la plus petite réaction. Il la regardait droit dans les yeux avec placidité. Marie voyait là-dedans un self control salutaire, mais elle se trompait. Tiago était satisfait de ce qu'il venait d'entendre. C'était exactement cela qu'il recherchait : une discussion franche et constructive lui permettant de corriger les erreurs qu'il avait pu commettre.

- Tu ne t'es jamais dit que le bonheur humain était une donnée quasiment mathématique ? Dans le sens où, comme l'argent, il faut en enlever un peu à ceux qui en ont le plus pour en donner à ceux qui en ont le moins. Et si c'était aussi simple que ça ? Et si, du coup, la perte de bonheur des certains était compensée par la satisfaction d'aider son prochain ?

- C'est du délire, Tiago. Tu ne peux pas gérer le monde de manière mathématique. Si tant est que tu puisses le gérer tout court…

- Je te parle simplement d'un idéal. D'un monde parfait vers lequel il faut tendre. J'ai longtemps pensé que les gens ne réagissaient pas au désordre du monde par manque d'information à ce sujet. Mais, et c'est le principal enseignement que je tire de mon expérience journalistique, rien ne peut faire réagir le citoyen lambda. Lorsque les flics ont embarqué Boubacar à grands coups de matraque, alors même qu'il ne faisait rien d'autre que marcher dans la rue, les personnes qui se sont regroupées autour

243

n'ont pas éprouvé la moindre révolte. J'ai vu leurs yeux Marie. Seulement de la curiosité et, parfois, de la satisfaction. Un monde pareil, c'est insupportable, tu comprends ? Insupportable ! J'ai essayé de le fuir, j'ai raté de peu. Alors maintenant je vais faire ce que je peux pour améliorer les choses. Voilà. C'est aussi simple que cela. Et tant pis si ça vous dérange dans votre petit quotidien. Si je pointe votre médiocrité, c'est pour vous faire évoluer. Libre à vous de prendre ça comme une agression. Si c'est le cas, vous n'avez rien compris et, effectivement, je vous méprise et vous hais !

Il s'était emporté et le regretta immédiatement. Il l'exprima par un rire nerveux, et Marie en saisit le sens immédiatement. Leur complicité, en dépit de leurs différences profondes, restait réelle. Marie lui rendit son sourire et, par ce biais, ramena la conversation à ce qu'elle était : un débat constructif entre deux personnes opposées. Les larmes et la tension avaient, un instant, un petit peu, disparu.

- Ne m'en veux pas, mais je pense que tu as tort, répondit la jeune femme. Le monde ne fonctionne pas comme ça. Maintenant, libre à toi de vivre ta vie comme tu l'entends. Mais je suis persuadée que tu te trompes. Et que tu ne pourras jamais être ni heureux, ni satisfait tant que tu te complairas dans cette logique. Le plus triste dans tout ça, c'est que tu n'y peux probablement rien et que tu es condamné à traîner ça toute ta vie.

- Je sais, murmura Tiago.

La fatigue jouait son rôle à plein. Le calme et la pénombre de la nuit libyenne en accentuaient l'effet, et la vue des deux derniers prisonniers se troublait. Silencieuse, vide et neutre, la pièce n'offrait aucun répit aux divagations, différentes et communes à la fois, de Marie et Tiago. Ce mode de torture aurait pu être poussé à son paroxysme si ses victimes avaient été totalement isolées. Mais, comme le joueur d'échec de Stefan Sweig, chaque prisonnier disposait d'une, et d'une seule, distraction : son alter-ego. Et en devenait monomaniaque.

- Bon, un petit top 5 ?, s'exclama Tiago, aussi énergiquement que possible.

- Pardon ?

- Un top 5. C'est un jeu très con pour faire passer le temps. J'y jouais tout le temps avec Anne. Je te donne une catégorie ou un thème, et tu dois me donner les cinq éléments qui, selon toi, s'y rapportent le mieux.

- Je ne comprends pas.

- C'est simple. Regarde : tu organises un dîner chez toi, et tu peux inviter n'importe qui. Tu as carte blanche. Tu invites qui ?

245

- Vivantes ou disparues ?

- Vivantes ou disparues.

D'un sourire, elle démontra qu'elle était ravie d'avoir enfin une vraie manière de s'occuper. Quelque chose qui lui viderait un peu la tête.

- OK. Alors, en premier, j'invite Adolf Hitler.

Marie constata avec déception que Tiago ne réagissait pas outre mesure à ce choix singulier. Pire, il semblait le comprendre et cela la laissait contrariée.

- Je comprends, ne t'inquiète pas.

- C'est juste que j'aimerais vraiment comprendre. Savoir ce qui se passait dans la tête de ce type. Et puis le voir à l'œuvre, parce qu'il a quand même convaincu son monde que son idéologie était la bonne. T'imagine le pouvoir d'orateur qu'il devait avoir ?

- J'avoue que ça m'intriguerait.

- Bon. En deuxième, je choisis... Brad Pitt.

Tiago éclata d'un rire bruyant, profond et, plus important, sincère. C'était la deuxième fois que Marie réussissait à le faire vraiment rire. Et, si la nervosité ambiante n'y était sans doute pas étrangère, elle avait un certain mérite à y être parvenu.

- Brad Pitt, hein ?

- Ben oui, Brad Pitt. Le type ne doit pas être totalement inintéressant, et au moins, si je m'ennuie, je pourrais toujours le regarder ou essayer de le draguer.

- Il commence sacrément bien ton dîner.

- Je sais. Merci. Ensuite, troisième choix. Kurt Cobain. Au nom de mon adolescence.

- Normal. Ensuite ?

- Ensuite, Richard Branson.

- Je me demandais quand tu allais finir par me sortir un entrepreneur. C'est son côté aventurier qui t'attire ou son côté « j'ai monté ma boîte, j'ai fait un max de fric et je suis donc au sommet su monde » ?

- Un peu des deux, j'imagine. J'admire vraiment cet homme, tu sais. Je crois que ce qui m'impressionne le plus avec lui, c'est la décontraction avec laquelle il gère son business. Et le fait qu'il se dégage autant de temps pour faire le guignol en montgolfière.

- Et tu ne t'es jamais dit que s'il avait autant de temps, c'est parce qu'il ne foutait rien et déléguait tout ?

- C'est possible. Mais on ne peut pas lui enlever qu'il a monté sa boîte et qu'il en récolte aujourd'hui les fruits.

- C'est une façon de voir les choses.

- C'est la mienne.

247

- Bon. Et ensuite ?

- Dernier choix, c'est ça ? Bon, facile. Je te choisis toi.

Les deux compères repartirent d'un rire sonore, sans se douter de l'affront qu'ils faisaient aux gardes postés à l'entrée. Ils s'esclaffèrent ainsi pendant de longues secondes et leur hilarité retomba dans un regard complice. Marie fixait Tiago, la tête penchée par l'affection. Tiago fixait Marie, un léger sourire au coin des lèvres. L'instant se suspendit, et le contexte dans lequel il se déroulait en accentua l'émotion. L'espace d'un moment, un court moment, les univers de Marie et Tiago, si éloignés et si proches, se trouvèrent en parfaite harmonie.

- Tu sais, finit par dire Marie, que j'étais amoureuse de toi quand on avait 16 ans.

- Je sais, répondit simplement Tiago.

- Tu sais ?, s'étonna-t-elle.

- Bien sûr. Et, même si je ne l'avais pas déduit de ton attitude, je l'aurais appris de tes amies qui me relançaient toutes les semaines. « Tiago, qu'est-ce que tu penses de Marie ? Tiago, tu ne veux pas venir à la fête de Marie ? Tiago-ci, Tiago-ça… »

Marie croisa les bras et garda la bouche ouverte dans une posture amusée d'indignation. Tiago se garda d'en rajouter.

- Je n'arrive pas à croire que tu étais au courant !

- Et pourtant…

- Et pourtant, tu n'as jamais jugé bon de répondre à mes avances.

Un petit ricanement nerveux échappa de la bouche de Tiago. La question lui aurait volontiers fait lever un sourcil, mais les circonstances générales de la discussion lui revinrent à l'esprit.

- Honnêtement, j'y ai pensé plusieurs fois.

- Et pourquoi tu ne l'as pas fait ?

- Je n'y croyais pas. Remets-toi dans le contexte, Marie : tu étais la plus jolie et la plus cool des filles du lycée. Et on n'était qu'en seconde. Comment voulais-tu que j'y croie ?

- Mais tu viens de me dire que tu savais ! Je n'y comprends rien !

- Oui, au fond de moi je savais. Mais imagine que je me sois juste persuadé que tout ça était bien vrai, il aurait fallu que je me lance. Et je ne voulais pas prendre le risque de perdre mon amitié avec toi, juste parce que j'avais pris mes désirs pour des réalités.

- Mais qu'est-ce que t'es con, merde…

- Ouais, je sais. Je l'ai toujours su. Je l'ai même théorisé. Je ne suis pas con, je suis un con. Ce n'est pas pareil. Celui qui est con, il est stupide, il est bête, il manque d'intelligence. Moi, je suis le con, celui qu'on invite en soirée parce qu'il est quand même sympa et parce que la liste des invités ne se sentirait pas en valeur si le con n'était pas là. Celui qui casse les couilles à tout le monde avec ses grands discours humanistes et idéalistes. Celui que tout le monde aime bien, mais on ne sait jamais vraiment pourquoi. Celui à qui on ne demande jamais sincèrement s'il va bien. Le con, quoi !

- Tu réfléchis trop et à trop de trucs. Bref. En tous cas, je te retiens : tu m'as brisé le cœur !

- Oui, j'imagine que c'est la principale raison pour laquelle on s'est perdus de vue à ce moment-là. On s'est éloignés, on se parlait de moins en moins et j'ai changé de lycée. Franchement, je crois aussi que je me suis brisé le cœur tout seul.

- Oh, Tiago... »

Cette dernière phrase avait presque échappé à Marie. Elle n'avait pas voulu montrer à quel point elle avait souffert de cette histoire. A quel point elle avait pensé à lui, toutes ces années.

Tiago, lui, se surprit à penser à ses propres sentiments pour la première fois depuis près d'un an. Il n'avait jamais vraiment été amoureux de Marie, mais il avait été attiré par elle. Et il savait très bien à quoi une relation entre eux deux aurait ressemblé.

Ce fut ainsi, chacun penché sur sa propre nostalgie, qu'ils entendirent une énième fois la porte de la cellule se déverrouiller. Lorsqu'Al-Farouk fit son entrée, Tiago était convaincu que Marie serait la suivante.

« Madame, monsieur…

Le petit fonctionnaire avait retrouvé sa courtoisie. Il semblait savourer cet instant. Comme s'il l'avait attendu toute la nuit.

- Je ne vous cache pas que j'éprouve une certaine peine à voir la liste de mes invités se réduire encore et encore. Mais la vie est ainsi faite et votre séjour dans cette cellule touche à sa fin.

Il laissa sa phrase en suspens, tout en se rapprochant des deux prisonniers. Le fait que son effet ne fonctionne que sur Marie le déçut à moitié.

- Naturellement, poursuivit-il, je ne peux vous promettre que vous serez libérés rapidement. Cela n'est pas de mon ressort. Moi…

- Vous, vous nous faites chier ! Venez-en aux faits !

A la plus grande surprise des deux hommes à ses côtés, ce fut bien Marie qui explosa. Elle avait coupé

251

l'élan théâtral d'Al-Farouk et l'avait insulté. Grosse erreur.

> - Merci, mademoiselle Poltzig. Je ne savais lequel d'entre vous laisser seul ici. Désormais, j'ai choisi.

Il se tourna vers Tiago et esquissa un sourire sadique.

> - Monsieur Santos, vous serez le dernier survivant. Félicitations !

Il aboya un ordre que Marie anticipa. Elle se leva, très digne, et se tourna vers Tiago pour lui murmurer un dernière phrase.

> - Quand Lailana est partie, elle m'a dit de te dire...

> - ... que moi aussi, un jour, je serais heureux... »

Presque malgré lui, et sans se souvenir d'où cela lui provenait, Tiago avait fini la phrase. Lorsque les gardes la saisirent et la tirèrent hors de la pièce, elle le fixait toujours avec une expression de perplexité. Et réalisa alors, à cet instant, que jamais elle ne le comprendrait vraiment.

Quand les ténèbres reprirent toute leur place dans la cellule désormais déserte, Tiago pleurait. Il lui semblait que c'était la millième fois en quelques heures qu'il laissait couler des larmes. Et il n'aurait pas même su dire quelle en était la principale cause. Le départ de Marie ? Sa solitude soudaine ? La torture inéluctable ? L'incertitude concernant ses compagnons ? Ou peut-être la fin de certaines de ses illusions, celles qui lui faisaient croire que, finalement, tout n'allait peut-être pas si mal ?

Les larmes brûlaient ses joues irritées quand son corps lâcha, une fois de plus. Il se laissa aller à un lourd sommeil, sans rêve, puissamment harnaché à sa déroute, physique et morale.

Un bruit. Un cri. Puis l'écho sourd d'une chute. Tiago se réveilla en sursaut et jura les avoir entendus. Pris de panique, il se leva et chercha quelque chose à faire, quelqu'un à qui s'adresser. Mais il n'y avait rien que les étoiles derrière sa fenêtre. Et leur conversation laissait clairement à désirer, il le savait bien. Au qui-vive au milieu de la cellule, il guettait l'événement. Ce quelque chose qui viendrait obligatoirement rompre la folie de cet ennui. Plusieurs minutes passèrent, au cours desquelles il arpenta les douze mètres carrés de vide dans lesquels il se trouvait. La pénombre l'aveuglait, le silence l'assourdissait, la panique l'endormait. Il ne savait comment garder la raison en sachant ses huit compagnons aux mains d'un homme dont il savait trop bien quoi penser. Une idée furtive lui traversa l'esprit, mais il réalisa avec désespoir qu'il n'y avait autour de lui rien dont il puisse se servir pour mettre fin à ses jours. Sinon les murs, sur lesquels fracasser son crâne d'ores et déjà douloureux.

Le jour n'était pas prêt de se lever, et Tiago se surprit à espérer qu'il le fasse. Lui qui avait pourtant toujours aimé la nuit. Il perdait la raison, mais gardait au fond de lui l'intime conviction que ce n'était que passager. Tout ceci était un jeu orchestré par ce malade mental d'Al-Farouk. Mais il ne l'aurait pas, il ne l'aurait pas, il saurait résister à ses tortures. Il avait traversé trop d'épreuves pour reculer maintenant.

Un autre bruit. Egalement sourd. Il l'avait entendu, il l'avait définitivement entendu ! Quelque chose était tombé, quelque chose de lourd, quelque chose comme... Il chassa immédiatement l'idée de sa tête. Cela faisait partie du jeu. Quelle ruse abjecte et lamentable ! Il lui en faudrait plus pour le faire reculer. Pris d'un courage et d'une force qu'il pensait oubliés, Tiago regagna sa place et s'efforça de conserver une posture neutre et désinvolte. Lorsqu'Al-Farouk entrerait, il verrait que sa torture ne l'atteignait pas, qu'il était plus fort que cela.

Mais Al-Farouk ne venait pas. De longues, interminables minutes passèrent sans le moindre son, le moindre mouvement, ni le moindre rayon de clarté. Rien. Absolument rien. Et même la détermination de Tiago ne suffisait plus à y résister. Il essayait bien de dormir, de se chanter des chansons, de se souvenir de tous les premiers ministres de la Ve République, mais l'obsession de ce qu'il se passait derrière cette maudite porte l'emportait. Plus les minutes passaient, plus il se résignait à laisser la victoire à Al-Farouk. Il avait d'ailleurs presque capitulé quand, enfin, finalement, la porte bougea. Dans un réflexe malheureux, il se leva nerveusement, trahissant ainsi son impatience. Soudain conscient de la faiblesse dont il se rendait coupable, il eut la présence d'esprit de se retourner vers la fenêtre et de feindre de regarder la nuit. Geste salutaire, qui lui permit, au moins pour un instant, de sauver la face.

« Monsieur Santos, comment se passe votre séjour ici ?

Tiago se retourna. Quelque chose avait changé. Al-Farouk semblait, certes, toujours détaché et cynique, mais son ton trahissait un embarras.

- Je manque juste un peu de lumière. Mais en dehors de ça, j'adore. Très joli pays que vous avez là. Et tellement accueillant.

- Je dois reconnaître, monsieur Santos, que votre sens de l'humour est désarmant. J'ose espérer que rien ne saura vous en séparer.

- Ne vous en faites pas pour ça, assura gravement Tiago, s'efforçant de fusiller du regard son interlocuteur.

Al-Farouk sembla légèrement déstabilisé. Ce n'était pas encore arrivé. Et cela n'échappa pas à son adversaire, lequel se jura alors de se battre jusqu'au bout.

- Bien, allons-y, ordonna Al-Farouk, en français.

255

Le garde à ses côtés ne bougea pas. Il bougonna quelque chose en arabe avant que celui-ci ne finisse par avancer et saisir Tiago. Le dernier survivant de cette cellule honnie la quitta sans un dernier regard, et sans le moindre regret. Tout juste eut-il une pensée angoissée en se demandant ce qui l'attendait.

Ils empruntèrent en chemin inverse le même couloir que quelques heures auparavant, mais Tiago ne le reconnaissait pas. Il marchait lentement, entre deux gardes et derrière Al-Farouk. Au mur, un portrait de Kadhafi composait la seule décoration de l'austère bâtiment. Ils ne croisèrent personne durant le trajet. Pas un garde, pas un prisonnier, pas un diplomate. Ce vide accrédita la thèse selon laquelle ils se trouvaient dans une prison spéciale. Avec une raideur exercée, Al-Farouk menait le groupe sans se retourner, sans disserter, sans bavarder. Il avait beau se permettre quelques folies, on sentait bien que la seule chose qui l'intéressait était de bien faire son travail et de rentrer chez lui. Sa démarche, son costume, tout trahissait un professionnalisme à toute épreuve. Tiago voulut tester sa rigidité.

> - Où sont les autres ?, demanda-t-il, feignant la naïveté.

Pour toute réponse, il ne reçut qu'une charge sur l'épaule provenant d'un de ses cerbères. Loin de le décourager, le geste l'amusa.

- Hé, Al-Fabrouk ? Où sont tous les autres ?

La provocation était basse, il le savait, mais cela l'aiderait à savoir jusqu'où il pouvait aller. Avec un sourire, il savoura le silence qui suivit sa deuxième question.

- Oh, vous ne voyez pas que je vous pose une question ? Qu'est-ce qu'il y a ? Vous avez besoin de l'autorisation du grand chef pour répondre à une question ?

- Fermez-la, Santos, lui répondit tranquillement Al-Farouk.

Tiago regretta de ne pas voir son visage. Sa réplique ne lui donnait aucune indication sans l'expression qui allait avec. Il lui fallait insister, mais pas tout de suite. La marge de manœuvre était trop mince.

Après quelques virages pris à pas énergique, Al-Farouk entreprit de descendre un escalier. Ce n'était pas surprenant : s'il y a bien un endroit plus intimidant qu'une prison isolée à Tripoli, c'est bien le sous-sol d'une prison isolée à Tripoli. Tiago s'attendait à un concours d'intimidation, il allait être servi. Le niveau inférieur était d'une humidité agressive. La chaleur ambiante mettait volontiers mal à l'aise. Naturellement, c'était le but recherché. Un nouveau couloir, plus long celui-ci, s'ouvrait à eux. A peine éclairé par quelques ampoules de fortune, le corridor donnait sur une série de portes dont Tiago ne doutait pas qu'elles furent celles de cellules. Poursuivant sa logique, il n'aurait pas été surpris d'entendre une voix familière implorer de l'aide.

> - Ils sont ici, n'est-ce pas ?, demanda-t-il, moins pas provocation que pas véritable curiosité, cette fois.

> - Fermez-la, Santos, répéta calmement Al-Farouk. Je n'aimerais pas avoir à le répéter une fois de plus.

Le ton glacial employé par le fonctionnaire était équivoque. Tiago mit donc en demeure, pour quelques temps, ses velléités de connaissance.

Le couloir défilait, encore et encore, et les portes avec lui. Toutes semblables, toutes faites d'un métal épais et toutes gardées par un militaire impeccablement posté. Sur le passage d'Al-Farouk, aucun ne se fendit d'un salut ce qui confirma, si besoin était, que l'homme n'était pas soldat. Paradoxalement, cela le rendait plus dangereux aux yeux de Tiago.

Après quelques dizaines de mètres monotones, pareils à ces allées de peupliers endormant les automobilistes, Al-Farouk s'arrêta et laissa un des gardes ouvrir une porte, absolument identique aux autres. Il fixa Tiago, léger sourire au coin des lèvres, et lui indiqua d'un geste de la main d'entrer le premier.

Tiago, en découvrant la pièce dans laquelle il pénétrait, trouva le moyen d'être surpris. Après tout ce qu'il venait de vivre, la prise d'otages, Marie, il posa des yeux stupéfait sur l'endroit. Car, au beau milieu

d'un couloir glauque n'ayant rien à envier à la plus sa-
lace des prisons mexicaines, ne se trouvait ni une cellule, ni une salle d'interrogatoire. Non, Tiago venait
d'entrer dans une salle de réunion.

Il en avait déjà vu de semblables, mais uniquement lors d'interviewes de chefs d'entreprise souhai-
tant lui en mettre plein la vue. Une grande et longi-
ligne table trônait au milieu de la salle, entourée d'une
vingtaine de sièges. Le tout était du meilleur goût, les
fauteuils de cuir rivalisant de classe avec la table en
verre et les écrans plasma fixés aux murs. Quelques
téléphones, une de ces horripilantes machines à café à
dosettes et quelques toiles exquises achevaient la décoration sobre de la pièce. Si elle ne comportait pas de
fenêtre, celle-ci était malgré tout bien éclairée, les
néons remplaçant efficacement, et sans impression
d'enfermement, la lumière naturelle.

- Al-Farouk, souffla Tiago, là je dois dire
que je suis vraiment surpris.

- Je sais ».

D'une poussée dans le dos, un des gardes lui indiqua une chaise, la seule de la pièce, située à l'extrémité de la table. Sans se faire prier, Tiago y prit place,
feignant de ne pas avoir remarqué qu'une vingtaine de
fauteuils moelleux demeuraient inoccupés. Al-Farouk
prit place sur l'un d'eux, théâtralement placé à l'autre
extrémité de la table. La scène était grandiloquente, et
Tiago y vit un trait de caractère son interlocuteur : il
était coquet.

D'un geste, il signifia aux deux gardes de les laisser seuls. En un éclair, ils quittèrent leurs postes derrière le prisonnier, et sortirent sans question.

« Vous restez seul avec moi ?, s'étonna naïvement Tiago.

Al-Farouk eut un petit rire condescendant, signe que la question avait dû lui être posée quelques fois, ne serait-ce que cette même nuit.

- Je devrais avoir peur de vous, monsieur Santos ?, ironisa-t-il. Même si vous parveniez à prendre ma mesure, et j'en doute sérieusement, vous n'arriveriez pas à sortir de ce bâtiment. Sans compter que cela aggraverait votre cas. Jusqu'ici, vous vous considérez comme innocent et je doute que vous soyez stupide au point de remettre cela en cause.

Tiago ne répondit pas. Il n'y avait rien à dire. Il avait posé une question stupide, il s'était fait claquer le museau comme un gamin. C'était de bonne guerre, c'était le jeu.

- Bien, soupira Al-Farouk afin de recadrer le sujet, il est temps de nous y mettre. Votre nom est bien Tiago Joao Santos ?

- Oui.

- Vous avez 27 ans ?

- Oui.

- Vous résidez au 24, rue de la…

- Bon, ce n'est pas bientôt fini ces conneries ? Vous savez que tout ça est vrai, et vous vous en foutez, alors venez-en au fait. Si vous voulez me réciter ma biographie, imprimez-la moi je la lirais dans la prochaine cellule qu'on me fera visiter.

Al-Farouk referma calmement le dossier et se renversa sur son immense fauteuil. Il scruta Tiago quelques secondes avant de se pencher à nouveau sur la table.

- Savez-vous exactement ce qu'il se passe ?, demanda-t-il posément.

- Exactement, je ne sais pas, mais j'ai quelques pistes.

- Je vous écoute.

- A priori, Saïf Al-Islam Kadhafi aurait tué une prostituée à Paris hier. Les flics l'ont embarqué au poste et le colonel ne l'a pas supporté. Alors, en représailles, il a ordonné qu'on coffre la première troupe de Français circulant dans son aéroport. Et boum, nous voilà !

Al-Farouk s'était à nouveau renversé sur son siège et se balançait, l'air amusé, de gauche à droite. Manifestement, il passait un très bon moment.

- Oui, en effet, voilà la version que les médias ne manqueront pas de relayer. Mais vous me semblez trop intelligent pour y souscrire complètement. Vous êtes journaliste, monsieur Santos. Les journalistes disent beaucoup de mensonges mais, en général, ils connaissent la vérité. Ou ils la devinent.

- Monsieur Al-Farouk, c'est précisément parce que je connais la politique internationale que je crois que le récit que je viens de faire est parfaitement plausible. Si je n'y crois pas complètement, ce n'est pas parce que je le crois trop tiré par les cheveux, mais parce qu'il dépend entièrement d'une traduction qu'on m'a donnée.

- Par mademoiselle Poltzig, je suppose ?

- Oui.

Al-Farouk souriait toujours, comme si la présumée naïveté de Tiago était un one-man-show à elle toute seule.

- Il me semble que je doive vous expliquer quelques détails, monsieur Santos. Je n'ai pas le droit de le faire, mais cela m'embête de vous laisser croire des choses pareilles. Et puis, je suis bien placé pour savoir qu'il n'y a ni caméra, ni micro dans cette pièce.

- Et je suppose qu'elle est insonorisée, aussi, non ?

- Vous n'êtes donc pas totalement naïf.

Al-Farouk se leva lentement et referma la veste de son costume. Il joignit ses mains derrière son dos et entama une ronde autour de la table. Son ton était simple, cordial et non dénué d'un certain humour cynique.

- Il y a deux ans, notre Guide Suprême, le colonel Mouammar Kadhafi, s'est rendu en France, afin d'y rencontrer votre Président. Naturellement, vous savez quelles relations ils entretiennent et à quels commerces ils se livrent.

- Armes, nucléaire civil, formateurs militaires...

- Entre autres, oui. Il y a deux ans, donc, s'est tenue une petite réunion entre gens très bien placés au cours de laquelle s'est conclu un contrat portant sur l'acquisition par la Lybie de deux centrales nucléaires de dernière génération. Jusqu'ici, tout ce que je vous dis vous paraît... « plausible » ?

- Tout à fait, répondit Tiago, calme face à la provocation.

- Bien. Suite à cette réunion, plusieurs aménagements ont été apportés aux contrats, mais jamais entre nos deux chefs directement. Le contrat a gonflé, encore et encore, jusqu'à atteindre une somme... disons importante. Les négociations ont duré plusieurs mois et nous mènent à aujourd'hui.

- J'aimerais savoir où vous voulez en venir.

- Mais j'y viens, j'y viens, s'amusa Al-Farouk, poursuivant sa ronde. Il y a trois semaines, Saïf Kadhafi a été envoyé en France pour mettre au point le texte final que nos deux chefs devaient signer dans quelques semaines. Or, lorsqu'il a été reçu par les autorités compétentes, il a remarqué plusieurs curiosités sur ce texte. D'abord, le prix n'était plus le même.

- C'est-à-dire ?

- Environ 30% d'augmentation. Sur une telle somme, c'est loin d'être négligeable. Ensuite, plusieurs clauses, notamment d'exclusivité, avaient été rajoutées. Et enfin, un lot d'avions Rafales avait été ajouté à la commande, sans que nous n'en ayons émis le souhait.

- Si je ne me trompe pas, ça fait grosso modo partie des usages. A chaque grande négociation, l'une des parties essaye d'entuber l'autre. C'est le jeu, non ?

- J'en conviens, monsieur Santos. Vous imaginez donc que notre Guide Suprême s'est opposé à cet accord, toujours par la voix de son fils présent à Paris.

- Oui, ça je m'en doute, affirma Tiago, agacé par le cours didactique auquel il assistait.
Mais je refuse de croire que Saïf a été mis en
taule suite à un coup monté, juste pour vous
faire signer un contrat.

Al-Farouk retira ses petites lunettes et les essuya
pendant qu'il regagnait sa place. Il tira le fauteuil et
retrouva son agaçant petit sourire.

- Lorsque Saïf s'est rendu au ministère de la
Défense pour exprimer le refus de la Lybie
de signer un tel accord, de nouvelles négociations ont été engagées. Mais Saïf, et c'est
là sa grande erreur, a refusé d'y prendre
part, puisqu'il n'était envoyé que pour su-
perviser le texte final, et non pour négo-
cier. Une violente dispute a éclaté entre différents très hauts fonctionnaires français et
lui.

Tiago suivait avec attention et irritation le récit
d'Al-Farouk. Il demeurait persuadé que Saïf avait bien
commis un meurtre, mais la crédibilité de l'histoire
immisçait le doute dans son esprit.

- Lorsqu'il est rentré à l'ambassade, Saïf a
prévenu le régime de la tournure des évènements. Naturellement, le colonel Kadhafi
n'a pas toléré qu'on ait insulté son fils (bien
que, de vous à moi, je n'ignore pas qu'il
peut très bien avoir commencé) et a télé-

phoné à votre Président pour lui signifier que les négociations étaient rompues.

- Et, selon vous, c'est cela qui a mené nos deux pays là où ils sont aujourd'hui ?

Al-Farouk planta son regard dans celui de Tiago. Son ton se fit soudain plus sombre.

- Encore une fois, monsieur Santos, il s'agit d'un très gros contrat.

- Je doute que vous ayez l'intention de m'en révéler le montant, mais quel qu'il soit, je refuse de croire qu'il soit à l'origine de ce bordel.

- Voyez-vous, monsieur Santos, assura Al-Farouk en se renversant une énième fois dans son énorme siège, je suis tout de même surpris que vous ne prêtiez aucune foi à ce récit. Est-ce par patriotisme ou par conviction profonde ?

La discussion, jusqu'ici méfiante mais cordiale, venait de tourner à l'affrontement. Tiago arborait une expression de colère tandis qu'Al-Farouk conservait son regard intense et fixe.

- Il n'y a aucun patriotisme là-dedans. Je sais de quoi mon gouvernement est capable, ne vous inquiétez pas pour ça.

- Et vous osez me dire que votre récit est plus crédible que le mien ? Vous connaissez Saïf Kadhafi, peut-être même que vous

266

l'avez déjà rencontré. C'est un homme mesuré, un émissaire de confiance pour notre pays car nous savons qu'avec lui, la Lybie est convenablement représentée. En votre for intérieur, pensez-vous vraiment qu'il ait été suffisamment fou et stupide pour assassiner une prostituée à Paris ?

Il fallait reconnaître que l'argument valait son poids. Et qu'Al-Farouk savait se montrer persuasif. Mais Tiago ne mordait pas. C'était trop simple.

- Je vais vous dire, Al-Farouk, pourquoi je ne gobe pas votre histoire. La France est le troisième plus grand exportateur d'armes, et l'Etat surveillé de très près ce trafic. Quant aux services militaires qu'il rend partout dans le monde, je n'en parle même pas. Tout ça pour vous dire que des négociations, le gouvernement français en mène tout le temps. Et, parmi tout ce business, j'imagine que des ratés comme celui que vous venez de me raconter, il y en a un paquet. Pourtant, je n'ai jamais entendu dire qu'on enlevait les fils de dirigeants pour conclure un contrat, aussi gros soit-il. Et puis, lorsque Marie a entendu vos soldats parler de ce psychodrame, et qu'elle m'a raconté ce qu'elle avait entendu, elle n'a pas mentionné cette version. Et je sais que si ce récit était arrivé à ses oreilles, elle m'en aurait fait part. Que la France attaquait la Libie, que les services secrets avaient tenté de tuer votre colonel adoré, etc. Pas une seule fois elle ne m'a parlé d'un enlèvement en guise de représailles suite à une négociation foirée. Et je doute sincèrement que ce secret-là ait été mieux gardé que celui évoquant le meurtre du fiston chéri Kadhafi. Votre histoire ne tient pas debout Al-Farouk, et c'est pour ça que je ne la crois pas. Et j'ajouterais presque que c'est un gros mensonge improvisé pour tester ma naïveté.

Sa tirade avait épuisé Tiago. Il respira lourdement pendant quelques secondes. Face à lui, Al-Farouk demeurait impassible, son sourire fixé aux lèvres. Il le jaugeait, l'observait. Tiago, lui, n'avait pas besoin d'en voir plus : il avait déjà cerné son interlocuteur pour en avoir vu des dizaines comme lui. Le haut fonctionnaire bien placé, hautes études aux Etats-Unis ou en France en poche, dents qui rayent le parquet, rhétorique bien rodée et costume impeccable. Ce n'était rien d'autre qu'un directeur de cabinet adjoint, qu'un sous-préfet. Lorsqu'il était journaliste, il en rencontrait trois par jour comme lui. Mais la situation était plus que délicate, l'homme avait du pouvoir et il convenait de le manœuvrer avec doigté.

Sa période d'observation achevée, Al-Farouk se leva, toujours aussi calmement. Il s'approcha de Tiago et lui murmura à l'oreille une phrase qui lui coûta.

- Vous avez raison, monsieur Santos. Je bluffais. »

D'un pas lent et élégant, il sortit de la pièce sans un regard pour son prisonnier. Il avait perdu et s'en allait prendre une pause. C'était, en tous cas, ce dont Tiago se persuadait.

Seul dans cette vaste et luxueuse pièce, il essaya de ne pas céder au triomphalisme. Al-Farouk n'avait-il pas concédé sa défaite trop facilement ? Il se doutait que tout ceci n'était qu'un test et qu'il aurait facilement pu se laisser convaincre. Certains de ses compagnons d'infortune avaient probablement cru à ce récit. La déduction était difficile et il savait ce qu'il devait à son expérience et ses connaissances. L'idée que tout ceci était peut-être programmé lui traversa l'esprit. Peut-être Al-Farouk se jouait-il de lui et lui donnait une confiance artificielle. « Tout ceci n'est qu'un jeu, pensa-t-il, un fichu jeu et je ne dois pas perdre si je veux conserver un espoir de me sortir de là sans trop de dommages ».

Une quinzaine de minutes plus tard, Al-Farouk fit son retour. Tiago s'était efforcé de ne penser à rien pendant cette période. Mais à la vue de ce petit homme si puissant, dans son costume impeccable, il se dit qu'il se prenait peut-être pour ce qu'il n'était pas. Que son look d'énarque prétentieux et sa belle rhétorique n'étaient que du vent. Que sa petite taille et sa maigre carrure n'étaient pas un trompe-l'œil mais la simple représentation de ce qu'il était : un petit homme sans relief à qui l'on avait donné du pouvoir pour une raison lambda. Et si c'était cela ? Et s'il s'était fourvoyé tout ce temps ? La solitude et l'angoisse le faisaient trop réfléchir, il le savait. Il devait rester plus lucide.

« Déjà de retour, monsieur Al-Farouk ?

Son ton était volontairement jovial. Si son adversaire avait voulu le mettre trop en confiance, mieux valait jouer le jeu et rester sur ses gardes. Il adopta donc une posture détendue, qui tranchait avec la rigidité du fonctionnaire.

- J'espère que vous ne vous ennuyez pas trop, monsieur Santos.

- Pas du tout. Je m'amuse comme un fou.

- Bien, vous ne voyez donc pas d'objection à ce que nous poursuivions notre entretien ?

- Je suis tout ouï.

La scène était grotesque et Tiago se demanda s'il n'en faisait pas trop. Al-Farouk était, comme à son habitude, impassible et donc illisible. Il se racla la gorge avant de passer à la suite.

- Dites-moi : que faites-vous à Tripoli ?

- Je passe des vacances avec quelques amis dans un hôtel pourri. L'ambiance et sympa, mais niveau confort, ce n'est pas le top !

- Vous m'excuserez de ne pas rire. Je repose ma question ou j'appelle un garde tout de suite ?

Al-Farouk ne plaisantait pas. De toute évidence, il commençait à en avoir assez des petits jeux. L'ennui était que, d'une manière ou d'une autre, il pourrait toujours se débrouiller pour gagner la partie. Il en avait les moyens, même s'il rechignait à les utiliser pour le moment.

- Vous le savez très bien. J'allais à Niamey et je faisais escale pour quelques heures à peine.

- Et qu'alliez-vous faire à Niamey ?

- Travailler dans l'humanitaire.

Le stoïcisme d'Al-Farouk se brisa. Il leva les yeux vers Tiago et le regarda, les sourcils levés d'étonnement.

- Dans l'humanitaire ?

- Oui, vous ne connaissez pas ? C'est à peu près l'inverse de ce que vous faites, vous.

- Très fin. Vraiment. Si je peux me permettre, pourquoi un journaliste avec une bonne situation quitterait-il son pays pour aller travailler dans l'humanitaire ?

- Si je peux me permettre, cela ne regarde que moi.

- Cela aurait-il à voir avec ces cicatrices que vous arborez ?

Tiago ne prit même pas la peine de cacher son agacement. Il s'étira bruyamment pour se calmer et soupira profondément.

- Bon, je crois qu'on en a un peu marre tous les deux. Cette entrevue n'a aucun intérêt. Vous savez tout ce que vous devez savoir. Ne croyez pas que je ne sais pas ce que je fais ici. Kadhafi ne supporte pas que son fiston ne soit pas au-dessus des lois alors il a pris en otage un groupe de Français pour obtenir une libération tranquille. Vous, votre rôle est de nous garder sous les verrous et d'essayer, si possible, de nous rendre coupable d'un truc, n'importe quoi, quelque chose qui justifie notre présence en taule. C'est pour ça que nous ne sommes que deux dans cette pièce. Vos soldats ne parlent pas français : à quoi bon les faire sortir ? Vous espérez seulement que je pète les plombs et tente de m'enfuir. Je ne sais pas si vous avez fait craquer quelqu'un, mais moi vous ne m'aurez pas. Je suis seulement coupable d'être mêlé à un double crime international dont le seul et unique coupable est la Lybie. Je le sais, vous le savez, alors restons-en là, à moins que vous n'ayez des choses intéressantes à me demander.

Le sourire en coin d'Al-Farouk fit son retour. L'amusement et l'admiration se mêlaient dans cet étrange rictus. Pour peu, on le sentait prêt à applaudir.

- Monsieur Santos... Vous allez me manquer ! Quelle intelligence, quelle brillance, quelle fougue ! Vous êtes sur les rotules, vous vous remettez à peine d'une tentative de suicide, votre dégoût du monde emporte tout sur son passage, vos capacités intellectuelles vous empêchent de raisonner... Et pourtant, vous trouvez le moyen de vous révolter encore et toujours, vous trouvez le courage de vous opposer vigoureusement à moi alors même que vous savez qu'il me suffit d'un claquement de doigt pour vous briser les deux genoux.

- Je n'ai pas peur de vous. Est-ce que je dois vraiment le préciser ?

- Absolument pas. Vous êtes bien trop fier pour avoir peur. Ou, du moins, pour l'avouer. Vous êtes plus intelligent que moi, monsieur Santos, vous êtes meilleur orateur et vous lisez en moi comme dans un livre ouvert. De toute évidence, je ne tirerai rien de vous.

Tiago appréhendait la suite de la tirade. Cela ressemblait à ces lettres institutionnelles qui commencent systématiquement par des compliments avant de se répandre en critiques acerbes.

> - Vous vous demandez, poursuivit Al-Farouk, comment un homme comme moi a pu arriver aussi haut dans hiérarchie, bien que vous ignoriez quel est mon poste exact. Ne me répondez pas, je sais que c'est le cas. Vous vous dites que vous avez pris ma mesure très vite et que c'est un jeu d'enfant d'utiliser contre moi ce que je vous dis. Et vous avez raison. Je ne plaisante pas : je pense sincèrement que vous êtes plus intelligent que moi. Alors, allez-y, posez-moi la question.

> - OK. Comment êtes-vous arrivé aussi haut ?

Al-Farouk se pencha sur la table, comme pour murmurer un secret que personne d'autre ne devait entendre.

> - Je suis médecin, confessa-t-il. Expert en anatomie humaine. Et, figurez-vous, cela fait de moi le meilleur et le plus respecté des tortionnaires.

Le ton qu'il avait employé, le choix précis des mots, le teneur des propos, tout avait glacé le sang de Tiago. Pour la première fois, il eut réellement peur de

lui. Une peur panique, physique. C'était ce qu'il voulait et, d'une manière ou d'une autre, s'il devait être
torturé, il le serait quelle que soit son attitude. Il devait donc prétexter ne pas se soucier de qui venait
d'être dit.

- En tous cas, vos tentatives de torture psychologique tout à l'heure, dans la cellule,
étaient foireuses.

- Oui, je sais, s'amusa Al-Farouk, il faut que
je travaille encore un peu là-dessus. Mais,
croyez-moi, je suis tout à fait au point avec
mes instruments à la main.

Il n'avait pas échappé à Tiago qu'il pouvait s'agit,
là encore, d'un bluff. Mais la question ne se posait
pas : bon ou mauvais, Al-Farouk était un tortionnaire
potentiel. Et, à ce titre, il disposait d'un avantage. Un
de plus.

- Qu'est-ce qui me prouve que ce n'est pas
encore du bluff ?

- Absolument rien. Libre à vous d'y croire
ou non. Mais, si j'étais vous, j'étudierais
toutes les possibilités avant de les rejeter en
bloc. On ne sait jamais de quoi demain sera
f… »

La tirade d'Al-Farouk fut soudain interrompue
par un garde ayant fait irruption dans la pièce. Il semblait alarmé, paniqué, quasiment en état de choc. Le
sourire du petit fonctionnaire disparut instantané-

ment, alors qu'il engageait la discussion avec le militaire. Tiago, perdu dans ce flot de paroles en arabe, ne percevait rien de ce qu'il se passait. En tous les cas, l'instant était grave, et le visage d'Al-Farouk en témoignait. Son regard se posait alternativement sur le garde et son prisonnier. Lui-même semblait déboussolé, comme si la situation lui échappait brutalement.

Tiago essaya de se lever pour montrer sa bonne volonté, mais Al-Farouk hurla un ordre au soldat. Le fonctionnaire quitta la pièce précipitamment, sans un regard pour son prisonnier. Tiago essaya de le rattraper, mais à peine fit-il un pas que la pièce se fit totalement noire. Lorsqu'il heurta violemment le sol, il avait déjà perdu connaissance.

Ce ne furent ni la douleur qui brûlait son crâne, ni ses genoux écorchés qui frappèrent Tiago lorsqu'il reprit connaissance, mais la lumière, vive et puissante. Deux gardes le menaient en direction d'on ne sait quel endroit. Ses jambes traînaient par terre et ses rotules menaçaient d'apparaître si le trajet ne s'achevait pas rapidement. Il essaya de porter la main à son crâne meurtri, mais la prise des gardes l'en empêchait. De toutes ces douleurs, il n'aurait su dire laquelle le meurtrissait le plus. A peine se rendait-il compte que les deux militaires l'écartelaient avec vigueur.

Deux fois, peut-être trois, il faillit s'évanouir. Sa tête saignait si abondamment qu'il lui était impossible de réfléchir correctement. Sa vue, brouillée et aveuglée, ne l'aidait pas plus. Le reste de son corps traînait misérablement sa peine. Il aurait voulu être n'importe où, mais allongé. Il les aurait suivi jusqu'au bout du monde, pourvu qu'on le laisse se reposer un peu. Un virage lui fit baisser la tête, et il remarqua les traces que le sang coulant de son crâne laissait sur le sol. Il voulut paniquer, en avoir peur, mais il n'arrivait pas à réagir. Son cerveau ne le pouvait tout simplement pas.

Après d'interminables mètres de trajet, les militaires s'arrêtèrent devant une nouvelle porte. Ils jetèrent leur prisonnier par terre le temps de l'ouvrir et lui ordonnèrent quelque chose. Il leva les yeux vers eux, mais ne comprit rien. Il était trop groggy pour effectuer une énième vaine tentative de saisir ce qui lui était dit en arabe. Agacé par sa léthargie, un des deux molosses le saisit par le bras et le jeta dans la cellule. Tout ce qu'il en percevait était la saleté. Le sol était si négligé qu'il en avait presque amorti la chute. Presque.

« Tiago ! Mon Dieu, Tiago !

Marie se précipita vers lui pour s'assurer qu'il allait bien. En fait de soulagement, c'était bien l'inquiétude de le voir grièvement blessé qui la saisit. Elle avait l'impression que des semaines s'étaient écoulées depuis son arrivée à Tripoli. Qu'ils avaient tous vieilli d'une dizaine d'années, que les fillettes étaient des adolescentes matures, que le temps avait pansé les plaies laissées quelque part dans un hall de l'aéroport de la capitale libyenne. Naturellement, il n'en était rien. Dix heures d'une densité folle s'étaient écoulé.

Elle tourna la tête de Tiago, espérant distinguer la plaie dans ce mélange de sang séché et de cheveux. Mais la seule chose qu'elle remarqua fut l'état déplorable de ses genoux. Son pantalon n'avait pas plus résisté au frottement que sa peau. Il était écorché presque jusqu'à l'os. D'une manière générale, son état était préoccupant, mais il était conscient. Tant mieux : elle n'affronterait pas tout ça toute seule.

- Tiago, tu m'entends ?

Il l'entendait. Mais il n'était pas encore suffisamment lucide pour engager une conversation.

- M... Marie ?..., répondit-il péniblement.

- Oui Tiago, c'est moi. Comment tu te sens ?

- Fatigué... Je veux... dormir...

- Oui, Tiago, tu vas dormir. Mais j'ai juste besoin que tu m'écoutes un peu. La situation est très grave Tiago. Très très grave.

L'inquiétude exacerbée de Marie le réveilla un peu. Toujours sonné, il trouva la force de s'asseoir. Sa tête était en feu, et il ne put s'empêcher de se toucher le crâne. La vue de ses doigts ensanglantés sembla le préoccuper sérieusement, mais pas le faire paniquer.

- Qu'est-ce qu'il y a ?, marmonna-t-il un peu plus distinctement.

- Tiago, est-ce qu'Al-Farouk t'a dit ce qu'il s'était passé ?

- Non… Je ne crois pas… Il m'a parlé d'un contrat… D'une vengeance de la France sur Kadhafi.

Marie se mordit la lèvre inférieure et prit les mains de Tiago. Elle plongea ses yeux dans les siens. A leurs coins perlaient des larmes de désespoir. Tiago prit conscience de la gravité de la situation à la vue de son expression. Malgré tout ce qu'ils avaient traversé, il ne l'avait jamais vue aussi désemparée.

- Marie… Que se passe-t-il ?

Elle baissa les yeux et sanglota légèrement. Puis, rassemblant ce qu'il lui restait de courage, elle le fixa et lui révéla la vérité d'une voix sourde.

- Il est mort, Tiago. Les Français… Ils ont tué Saïf Kadhafi ! »

9 – Blanc et noir

Le sol se déroba sous ses pieds. Le monde s'arrêta de tourner. La nuit s'arrêta de couver. L'univers de Tiago n'avait plus de sens. Et pour cause : il n'avait jamais envisagé qu'un autre que lui-même puisse lui donner la mort. Jusqu'à cet instant.

« Ils vont nous tuer hein ? Ils vont venir nous chercher et nous tuer !

La voix de Marie était haut perchée, son débit interrompu par les sanglots. Le terme panique était un euphémisme pour qualifier son état. Tiago le voyait bien, mais il lui était incapable de réagir, tant ses différentes blessures l'avaient diminué. Il n'était même pas sûr d'avoir pris la pleine mesure de ce que Marie lui avait dit. Certes, il comprenait bien que leurs vies étaient en danger. Mais, après une pénible analyse, il réalisa que chaque minute qui passait était un avantage pour eux.

- Marie… Marie, calme-toi !

Ses tentatives restaient vaines, faute d'énergie. Il était mou comme une poupée de chiffon, et sa voix ne transmettait aucune autorité.

- Marie, écoute-moi. Ça va aller, ne t'inquiète pas.

- Comment ça, ça va aller ? Mais tu me prends pour une conne ? Ça n'allait déjà pas quand Saïf était vivant. Comment veux-tu que ça aille maintenant ?

- Parce que s'ils avaient dû nous tuer, ils l'auraient déjà fait.

Tiago essayait tant bien que mal de compenser son manque d'énergie par le choix des mots. Il en était désolé, mais il devait être démagogique et choquant.

- Rien ne les empêche de rentrer maintenant et de nous tirer une balle, poursuivit-il. Mais ils ne le font pas. Ça, c'est un bon signe. Je ne sais pas comment va se passer la suite, mais je pense qu'on ne va pas nous tuer.

- Mais regarde-toi ! Regarde comme ils t'ont tabassé ! Mon dieu, on ne va pas s'en sortir. Ils vont nous tuer, nous torturer…

Il n'y avait rien à faire contre la panique de Marie. Il décida donc de la laisser s'égosiller, en attendant qu'elle soit suffisamment calme pour discuter de manière constructive. Lui en profiterait pour se reposer.

Il s'approcha d'un des murs de la cellule. Elle était nettement moins propre que la précédente. Une odeur de moisi l'embaumait, et il soupçonnait quelques rats d'avoir trouvé refuge dans un des interstices qui fendaient le mur. Pas de fenêtre, pas d'autre lumière que le halo diffusé par les ouvertures dans l'encadrement de la porte. Suffisant pour se repérer dans la pièce et pour reconnaître son interlocuteur. Suffisant pour un prisonnier, donc.

Quelques murs comportaient des inscriptions que Tiago ne savait pas déchiffrer. L'idée de détourner l'attention de Marie en lui proposant de les lire lui traversa l'esprit, mais il y avait là un véritable risque d'empirer la situation. Par prudence, il la laissa à ses pleurs et se concentra sur son propre repos. Il voulut s'adosser au mur, mais ses cervicales et tout le bas de l'arrière de son crâne lui faisaient trop mal. Il tenta de s'allonger sur le ventre, mais ce furent ses genoux qui ne le supportèrent pas. Sur le côté, ses bras le lançaient et, en tailleur, l'élasticité réduite de ses genoux l'endolorissait. Même en état semi comateux, il comprit assez vite que rien de tout cela n'était fait au hasard. Il ne lui restait donc qu'à conserver la seule et unique position possible : assis, les jambes allongées, la tête penchée sur son torse. Ses cervicales n'appréciaient que très modérément la posture, mais c'était encore celle qu'il tolérait le mieux.

Ainsi installé, Tiago ne pouvait totalement jouir du repos auquel il aspirait. Néanmoins, la lassitude et l'angoisse l'avaient au moins autant épuisé que les coups. Ereinté, désemparé, perdu, il luttait pour ne pas s'endormir. Il recherchait le repos, la récupération, mais en aucun cas le sommeil. Malgré la forte tentation de s'y abandonner, c'était un luxe qu'il ne pouvait se permettre. En désespoir de cause, il se tourna vers la jeune femme en pleurs, à deux mètres de lui.

- Marie ?

Recroquevillée, roulée en boule dans un coin de la petite cellule, la directrice du pôle Afrique d'Areva ressemblait plus à un petit animal terrifié qu'à la jeune femme classieuse et élégante qu'elle était pourtant. « Curieux comme la perspective de mourir transforme quelqu'un », pensa Tiago.

- Marie, ressaisis-toi, s'il-te-plaît... Jusqu'à preuve du contraire, on est encore vivants. Ne craque pas Marie, c'est exactement ce qu'ils veulent. Ils nous torturent l'esprit autant que le corps.

Le ton endormi qu'il employait n'enjoignait pas vraiment à la reprise en main. Son discours n'eut aucun effet sur son acolyte. Convaincu que seule la parole l'empêcherait de perdre connaissance, il débita un flot de paroles que Marie ne percevait même pas, trop occupée à sombrer dans sa folie. Peu à peu, il perdait conscience de ce qu'il disait. En même temps, qu'il perdait la raison.

- Tu le vois, le monde que tu défends ? Tu le vois, hein ? On n'est pas grand-chose, finalement, même en dirigeant Areva. Ce monde nous tue, à petit feu. Ce monde veut notre peau. Chacun pour soi, le sang appelle le sang. On ne cherche que la réussite personnelle et ça passe par l'anéantissement de l'autre. On se fait du fric uniquement en entubant les autres, en arnaquant...

Son discours sans structure n'était qu'une association d'idées suggérée à voix haute. Marie n'en aurait pas saisi un mot même si elle y avait prêté attention. Son esprit allait trop vite pour ce filtre naturel qu'était la parole. Il parlait, parlait encore, motivé par la volonté farouche de rester conscient, altéré par un esprit divaguant, meurtri par un corps à l'agonie.

- Un jour, ce monde va exploser, tu sais ? Pas le climat, pas l'environnement. Une guerre, un genre de guerre. Un mélange de choc des civilisations et des classes. Comme l'émeute des banlieues, en France, mais à échelle mondiale. Les pauvres vont en avoir marre d'être traités comme des sous-merdes et ils vont se rebeller. Les riches seront moins nombreux mais mieux armés. Ça rendra le conflit équilibré et durable. Dangereux, c'est dangereux un conflit qui dure. Beaucoup plus de mort que dans un rapide éclair...

Son monologue se faisait délire. Sa dialectique n'avait plus aucun sens. Paroles de fou, prêche d'apocalypse. Marie avait tendu l'oreille vers son discours et avait constaté qu'à son tour, il sombrait. Elle n'avait réagi qu'avec un redoublement de sanglots. Leurs mondes mutuels s'écroulaient et, tandis que Marie réagissait avec désespoir, Tiago semblait vouloir exprimer tout haut ce qu'il peut-être plus jamais l'occasion de dire.

> - Après tout, divaguait-il, mourir maintenant ou plus tard, ce n'est pas si grave ? Au moins, on sera dans les journaux et on restera dans l'Histoire comme ceux qui ont provoqué une guerre. Parce que, ne t'inquiète pas, la France et la Libye ne vont pas en rester là. On sera les premiers morts d'une guerre, une grosse guerre. Et le monde crèvera. Qu'il crève ! C'est tout ce qu'il mérite ! Si les petits acceptent leur sort, si les grands ne réalisent pas leur inhumanité, alors que le monde crève, et moi le premier !

Sur ces derniers mots, il décida d'abandonner la partie. Mais, alors que Marie le pensait au bord de la perte de connaissance, Tiago ramena ses jambes vers lui au prix d'un effort coûteux, posa ses mains sur le sol et se leva, chancelant. Le sang ne s'échappait plus de sa plaie asséchée, mais ses genoux présentaient toujours un aspect inquiétant. En titubant, il s'avança vers Marie et lui tendit la main.

> - Viens avec moi, on s'en va... »

Face à elle se tenait bien Tiago. Celui qui s'était battu depuis tout ce temps pour les sauver, pour les maintenir à flot, quitte à se mettre en avant et risquer les coups. Il avait désormais perdu la guerre des nerfs, guerre qu'il ne pouvait, de toute façon, pas gagner. Etant données les circonstances, sa résistance avait été surhumaine. Malgré le profond respect que l'homme lui inspirait, elle ne pouvait s'empêcher d'éprouver de la pitié à le voir ainsi réduit à la folie primaire. « Quel gâchis », ne put-elle s'empêcher de penser, à l'idée de ce qu'un homme d'une telle intelligence et d'une telle intégrité aurait pu apporter au monde, si celui-ci ne l'avait pas broyé.

Soudain, Marie réalisa que la main tendue de Tiago lui avait permis de retrouver ses esprits. Sans doute par excès d'admiration, elle osa même imaginer que son attitude était délibérée, afin de lui permettre de se ressaisir. Un léger sourire au coin des lèvres, elle lui prit la main, s'y appuya pour se relever et lui emboîta le pas.

Ainsi, main dans la main, les deux prisonniers marchèrent vers la porte et Tiago frappa plusieurs coups. Naturellement, aucune réponse ne leur parvint. Marie insista à son tour et le brouhaha informe émanant de l'extérieur ne fut pas perturbé un instant. Avec un rictus démentiel et un rire nerveux, Tiago la regarda et elle saisit immédiatement le sens de son expression. Ils se tournèrent face la lourde porte et ensemble, avec l'énergie du désespoir, ils frappèrent encore et encore le métal froid. Marie sursauta lorsque Tiago poussa ses premiers cris, mais ne tarda pas à s'y joindre, là encore. Ils n'avaient plus rien à perdre, aussi jetèrent-ils leurs dernières forces dans cette bataille illusoire. Tiago s'en moquait : il avait combattu des moulins toute sa vie. Mais pour Marie la situation était inédite, et étonnamment grisante.

Les mains endolories, les cordes vocales brûlantes, les deux compères frappaient et hurlaient, frappaient et hurlaient à s'en évanouir. Ils ne pouvaient même plus percevoir l'impact de leur vacarme sur l'agitation extérieure, aussi sursautèrent-ils lorsque, finalement, le verrou de la porte se mit en marche.

Avec une excitation d'enfants terribles, ils reculèrent de quelques pas et attendirent impatiemment. Ni l'un ni l'autre n'avait la moindre petite idée de ce qu'ils allaient faire ensuite, mais ils voulaient seulement savoir quelque chose, n'importe quoi. Un peu de tempête au milieu de ce calme insupportable. Ils se regardèrent une fois, deux fois, avec une nervosité exacerbée. Le cerveau de Tiago s'était tellement emballé qu'il n'avait plus le moindre impact sur ce qu'il restait de sa carcasse. Et si Marie conservait un brin de discernement, elle était elle aussi trop faible pour résister à la tentation d'un pétage de plomb intempestif.

La porte s'ouvrit et les deux prisonniers découvrirent le colosse entrevu dans la première cellule. Encore plus impressionnant que lors de son passage précédent, il ne disposait pourtant plus de l'avantage de l'intimidation. Même s'il avait voulu s'en servir,

Marie et Tiago n'étaient plus assez lucides pour avoir peur de ce genre de menaces. Dans leur état, être frappé n'importait plus.

« Qu'est-ce qu'il se passe ici ?, demanda le géant à la voix caverneuse, dans un français tâtonnant.

Tiago ne put réprimer un rire de moquerie à l'égard du timbre particulier du militaire. Manifestement, cela n'amusait que lui.

- On veut être libérés tout de suite, s'emporta Marie, consciente du ridicule de sa requête.

- Quoi ?, s'étonna leur geôlier, toujours sur un ton menaçant.

- On veut parler à Al-Farouk ! », hurla Tiago.

Du haut de ses deux bons mètres, l'homme tourna les talons et les laissa à leurs rêveries. Il n'avait manifesté aucun intérêt pour la dernière exigence de Tiago et avait semblé exaspéré. Marie songea que ce genre d'appel fonctionne une fois, mais pas deux. Et qu'à ce titre, ils avaient peut-être grillé un joker. Dépitée, elle regagna sa place en soupirant, laissant Tiago seul face à la porte.

« Tiago ? Viens t'asseoir. »

Celui-ci tourna les talons et s'exécuta. Sa plaie à la tête le faisait souffrir atrocement, bien plus que ses genoux râpés. Endolori à tous les niveaux, il opta pour une position classique, adossé au mur en dépit de ses cervicales broyées. Ainsi, épaule contre épaule, Marie et lui entérinèrent l'échec de leur pathétique tentative de médiation. Ne restait que l'attente, l'interminable, angoissante attente. Et les ténèbres qui allaient avec.

Peu à peu, les minutes s'égrenant, le calme revint dans la cellule comme dehors. Tiago ne put s'empêcher de penser, sa lucidité lui revenant, qu'ils étaient de retour à la case départ. Assis côte à côte, dans une cellule, perclus d'ennui, rongés d'angoisse, laminés d'incertitudes, attendant on ne sait quel rebondissement improbable. Ils n'étaient plus à ça près. L'un comme l'autre aurait dû, à cette heure, être au fond d'un lit nigérien. Hôtel de luxe pour l'une, paillasse de fortune pour l'autre. Mais certainement pas dans une cellule moisie d'une prison fantôme quelque part dans Tripoli ou sa banlieue. Un soupir de résignation échappa à Marie. Leur crise de folie l'avait, elle aussi, exténuée. Elle se tourna vers Tiago afin de juger de son état, et réalisa qu'il était au bord du sommeil. La situation s'étant, a priori, stabilisée, elle jugea opportun de lui accorder le repos qu'il méritait. Avec un sourire de tendresse, elle appuya sa tête sur l'épaule de Tiago, vérifiant prudemment qu'elle ne lui causait pas de douleur, et se laissa aller elle aussi dans la douceur d'un sommeil sans rêve.

Il était allongé dans le salon de la maison familiale. Plein d'insouciance, il promenait son regard sur les différents programmes que la télévision lui offrait. Libre, jeune, naïf comme seuls les enfants de 10 ans savent l'être, il souriait à la vie comme celle-ci le ménageait. Quand on a 10, la vie est une fleur… Elle se résume à une succession d'actes que l'on vit soit comme un plaisir, soit comme une obligation que notre esprit ne remet pas en cause. La conscience n'existe pas, quand on a 10 ans, le monde torturé ne nous touche pas. Elle ne nous a pas encore attrapés…

Fatigué d'entendre l'agaçant présentateur, il zappa sur un documentaire animalier. A cette époque, il ne voyait qu'un éléphant, majestueux et puissant, et non un trafic d'ivoire mené par des contrebandiers sans scrupules. C'était le temps de l'insouciance, celui qui ne nous mène à rien, tout en croyant que c'est tout ce qu'il y a. On ne sait rien, quand on a 10 ans, mais on est sur le toit du monde.

Sa vie a basculé ce jour de février 1991. A 13 heures. Le journal s'est ouvert sur la guerre du Golfe, quelque chose que Tiago avait déjà entendu et perçu comme une querelle de sportifs. Après un bref lancement du présentateur, le choc : les corps calcinés, les bombardements massifs, les chars progressant, les soldats tirant des rafales de mitrailleuses lourdes, la mort, la mort omniprésente, la mort inhérente, l'image de cette violence recherchée et le sentiment d'incompréhension qui allait le poursuivre toute sa vie : pourquoi ?

Quand on a 10 ans, la vie nous a préservés. Mais cette immunité n'est pas éternelle. Les plus chanceux découvrent quelle saloperie le monde peut être à petit feu, combien il peut se révéler cruel, à mesure que les amourettes transies se multiplient, que les métamorphoses biologiques se font dou-

loureuses ou difficiles à assumer. D'autres n'ont pas cette chance et prennent l'horreur en pleine face au détour d'un reportage sur la guerre du Golfe, un jour de février 1991. Quand on a 10 ans, l'existence n'est pas supposée ressembler à ça. Pour Tiago, tout a commencé ici. 17 ans auparavant. Depuis lors, il n'a jamais su être vraiment heureux...

« Tiago ! »

Le cri était tragique, continu. Péniblement, il s'éveilla et n'eut pas besoin de se frotter les yeux pour réaliser ce qu'il se passait. Il lui suffisait de prêter attention à ce que ses oreilles percevaient. Il se redressa sans égard pour sa condition physique et poussa un hurlement de douleur à l'origine imprécise. Face à lui, la scène qu'il avait mille fois imaginée se déroulait froidement. Quatre soldats avaient fait leur entrée dans la cellule, suivis d'Al-Farouk. Celui-ci n'avait plus rien en commun avec le petit fonctionnaire poli et cynique. Ses yeux trahissaient une rage folle, un sentiment de révolte que Tiago le croyait incapable d'éprouver. Il s'avança vers eux et posa ce regard sur chacun, tour à tour. Il hurla, d'un cri guttural, un ordre puissant, et les gardes sortirent tous, un à un, gardant en joue les deux prisonniers.

Debout face à Marie et Tiago, Al-Farouk demeurait donc seul, et silencieux, son visage animé d'une flamme jusqu'ici inconnue. Il recula légèrement, fusillant toujours de ses yeux embrasés les deux prisonniers lui faisant face.

« Ainsi, vous avez souhaité me parler ?

Son ton était impressionnant et n'appelait aucune réponse. Sa bouche se tordait en un rictus retenu, comme si un cri était prêt à sortir à tout moment.

- Vous n'avez donc rien compris ? Ici, c'est moi qui décide qui parle avec qui, c'est moi qui décide si vous vivez ou non. Un geste de moi, et vous êtes morts !

- Donc, en gros, riposta Tiago, toujours assis, si vous êtes venu nous voir, c'est que vous en aviez envie. Et si on est vivants, on devrait vous remercier. C'est ça ?

En deux enjambées rapides, Al-Farouk se porta à hauteur de Tiago et lui décocha un coup de poing à la tête. Celui-ci chancela et s'étala par terre, dans un bruit sourd. Marie poussa un cri qu'un simple regard du terrifiant petit homme suffit à faire taire.

- Silence, chien ! J'en ai par-dessus la tête de ton insolence ! Tu es un prisonnier, ici, pas un client d'hôtel.

De rage, il gifla sauvagement Tiago, toujours à terre. Il y avait une forme de retenue dans son ton comme dans ses coups, mais il transpirait la colère et la haine par tous ses pores. Marie était prostrée dans son coin, incapable de bouger, de parler, d'exprimer le moindre son. Tiago, lui, agonisait au sol tandis qu'Al-Farouk passait ses nerfs.

- Vous vous croyez si supérieurs, alors que vous ne comprenez rien ! Vous n'avez pas saisi l'importance de la situation et vous croyez tout savoir. Nous vous avons traités avec respect et vous vous plaignez encore. Vous ne méritez pas de vivre. Vous ne méritez pas de vivre !

Tout en hurlant sa dernière phrase, il sortit une arme de l'arrière de son pantalon et tira un coup sur le mur. Marie poussa un autre cri strident.

- Silence !

Tiago essayait de se relever, mais la douleur vrillait son corps entier. Il était incapable de rassembler ses esprits. Il entendait ce que disait Al-Farouk, il percevait la situation, mais il ne pouvait pas réagir comme il l'aurait souhaité. A nouveau ensanglanté, il s'assit piteusement, employant une montagne d'efforts pour conserver son équilibre. Al-Farouk se rapprocha encore une fois de lui et se posta à quelques centimètres de son visage. Il le fixait, droit dans les yeux.

- Saïf Al-Islam Kadhafi, fils du colonel Mouammar Kadhafi, notre Guide Suprême, a été assassiné il y a quelques minutes à peine par votre pays. Froidement abattu d'une balle dans la tête. Votre pays de chiens qui prétend donner des leçons de bonne conduite au monde entier a tué un innocent, diplomate de surcroît et fils d'un chef d'Etat.

- C'est… Ce n'est pas possible, gémit Tiago. Comment ? P… Pourquoi ?

- Parce que ce sont des assassins !, hurla Al-Farouk, en reculant vers le centre de la pièce. Des meurtriers ! Saïf était innocent, Allah sait que Saïf était innocent !

Tiago découvrit le fanatisme de l'homme. Il ne l'aurait pas cru si dévot, et surtout si peu lucide face à son régime. S'il avait été dans son état normal, il aurait pu argumenter avec lui. Mais il tenait une arme et semblait très clairement à fleur de peau.

- Al-Farouk, écoutez-moi Al-Farouk, reprit Tiago, en tentant péniblement de se redresser et de raisonner le fonctionnaire. Cette situation est absurde. Pourquoi la France aurait-elle assassiné Saïf ? Soit ils bluffent et il est toujours vivant, soit c'était un accident.

- Un accident ?

A la vue des yeux d'Al-Farouk, il sut qu'il n'avait pas employé les bons mots. S'il y avait vu la moindre utilité, il aurait volontiers prié pour que sa boulette soit oubliée.

- Je m'excuse, ce n'est pas ce qu…

- Un accident ?, hurla Al-Farouk. Vous trouvez ça crédible, vous, qu'un garde ait joué à la roulette russe avec lui et l'ait tué d'un « accident » ? J'ai vraiment l'air d'un imbécile ?

- Non, vous n'avez vraiment pas l'air d'un imbécile.

- Alors cessez de me considérer comme tel ! De toute façon, cela n'a plus d'importance.

Al-Farouk s'était approché à nouveau de Tiago et, comme auparavant, le fixait droit dans les yeux à quelques centimètres de lui. Marie pleurait discrètement et, roulée en boule dans son coin, assistait à la scène avec une terreur qu'elle n'avait jamais ressentie.

Les yeux et la bouche d'Al-Farouk tremblaient alors qu'il regardait, avec une fureur toujours grandissante, Tiago se décomposer face à lui.

- Le sang appelle le sang, monsieur Santos, murmura-t-il. Le sang appelle le sang.

Celui de Tiago ne fit qu'un tour. Il comprit, enfin. Il comprit ce à quoi ils faisaient face, Marie et lui.

- Non, souffla-t-il à l'attention d'Al-Farouk. Non !

Le petit homme, acquis à la démence, ne quitta des yeux Tiago que pour peaufiner le réglage de la mire. Son bras était trop loin pour que toute intervention soit possible. Mais, de toute façon, Tiago était paralysé par la terreur que lui inspirait ce monstre.

Lorsque la détonation retentit, le monde se fit blanc. Malgré lui, il hurla un « non » grandiloquent ;

mais la situation ne lui inspirait plus rien. Soudain vide de tout, il se laissa divaguer et s'évanouit en voyant l'image qui venait de se créer à ses côtés. La balle s'était logée en pleine tête, faisant exploser la boîte crânienne. La dépouille de Marie se laissa lourdement tomber sur le côté, laissant sur le mur une immense tâche de sang. Le reste n'était plus qu'intense blancheur. Ou profonde noirceur. Alors qu'il perdait connaissance, Tiago fut incapable de le dire…

> - Voyez-vous, monsieur Santos, tout ceci répond à une logique très simple. Il convient de ne jamais montrer une quelconque faiblesse à son adversaire, en toutes circonstances. Laisser impuni le meurtre de Saïf Kadhafi aurait été une marque de faiblesse que la Libye ne pouvait se permettre. Vous êtes intelligent, vous pouvez le comprendre.

Tiago ouvrit les yeux et ressentit la douleur. Physique, morale, psychologique, émotionnelle. Il était adossé au mur, accentuant la souffrance de sa plaie à la tête, mais il s'en moquait. La dépouille Marie était toujours étalée en bouillie à quelques centimètres à peine de lui. L'esprit embrouillé et révolté, il se tourna de l'autre côté, là où Al-Farouk était lui-même adossé au mur perpendiculaire. La tête également appuyée contre la paroi, il regardait le plafond et semblait réfléchir à voix haute.

« Je suis navré que mademoiselle Poltzig ait
dû payer le prix fort. Mais elle avait l'habitude de mener des négociations. Elle a dû
comprendre, elle aussi.

Il baissa les yeux vers Tiago et s'adressa directement à lui. Il avait retrouvé son sang-froid pour justifier son meurtre. Cela le rendait aussi terrifiant que
macabre.

- Cela dit, poursuivit-il tranquillement, je
dois vous avouer que je suis un peu déçu. Je
n'aurais pas cru que quelqu'un qui a un rapport à la mort aussi particulier que vous
puisse s'évanouir à cause d'un... Comment
dites-vous déjà ? Ah oui : « accident »...

Tiago sentit monter en lui une rage froide. Son
sang bouillonnait et lui gorgeait les yeux. Il aurait dû
avoir envie de tuer le petit fasciste qui était à ses côtés. Mais tout cela n'avait plus d'importance. Même sa
colère n'en avait plus. Les provocations et le sourire
sadique d'Al-Farouk ne le touchaient plus. Tout était
blanc. Ou noir.

- Je sais que vous m'en voulez. Et c'est normal. Mais j'ai des ordres et des convictions.
Or, il se trouve que les deux se rejoignent
très souvent. Peut-être vous demandez-vous
pourquoi j'ai tué mademoiselle Poltzig la
première ? C'est simple : je vous aime bien.

De toute évidence, Al-Farouk s'attendait à une réaction de Tiago. Mais celui-ci se moquait de ce que pouvait raconter le petit homme. Il observait les ténèbres et sentait poindre, presque imperceptiblement, l'aube. Les premiers rayons du soleil ne tarderaient plus à faire leur apparition. Tous les Al-Farouk du monde pouvaient bien assassiner à tours de bras, cela n'avait plus aucune importance à ses yeux. Le monde était noir. Ou blanc.

Al-Farouk se leva, remit son costume en place et s'approcha de Tiago. A nouveau, il planta son regard dans celui de son prisonnier, mais il ne le trouva pas. Il lui administra une puissante gifle, mais rien à faire : le jeune homme n'était plus concerné par la situation, ni par le monde fait d'une nuance unie qui l'entourait.

> - Vous auriez fait un bien meilleur exécutant que moi, monsieur Santos. Vous aviez un vrai potentiel. Quel dommage ! Je vous dirais bien que vous allez me manquer mais, de toute évidence, nous allons affronter des temps passionnants qui ne me laisseront guère le loisir de penser à vous.

Il se leva, boutonna la veste de son costume sali et fit deux pas en arrière. Avec une solennité absolue, il leva son arme vers Tiago et maintint la posture quelques secondes, comme pour prolonger son plaisir. Son visage arborait un sourire sadique que rien n'aurait pu effacer. Pas même l'obstination de Tiago à contempler les ténèbres se dissipant. La pièce s'éclairait progressivement, à vue d'œil, et il trouvait la vertu de s'en émerveiller.

> - Que vous le vouliez ou non, nous marquons l'Histoire, monsieur Santos. »

Lorsque la nouvelle détonation éclata dans la nuit libyenne, Tiago sentit comme une délivrance. Ce n'était pas celle qu'il avait imaginé, ni même celle qu'il espérait, mais il se sentit léger. Un poids venait de lui être enlevé, un poids bien supérieur aux 21 grammes de l'âme. Soudain, tout lui parut limpide, tout retrouva son sens. Son existence vécue dans la douleur n'était plus, et la souffrance de la balle lui perforant le cœur ne parvenait pas à lui ôter ce sentiment de béatitude. L'injustice l'avait torturé toute sa vie et, d'une certaine façon, avait fini par le tuer. Son existence n'aura servi à rien mais au moins avait-elle eu le bon goût de s'achever tôt. Ce monde n'était pas pour lui et lui n'était pas fait pour ce monde. La séparation se faisait par consentement mutuel. Lorsqu'une union ou une alliance n'est pas profitable ni désirée, autant y mettre fin. Il en allait de même pour la vie d'un homme. Et sa mort était la dernière forme de logique qu'il lui était possible de voir.

Ainsi, à mesure que la vie le quittait sous les yeux de son bourreau, la réponse lui apparut. Comme deux pièces d'un puzzle qui s'assemblent, son esprit s'illumina et, enfin, Tiago sut le dire.

Le monde était noir. Définitivement noir.

Epilogue

Extrait du journal télévisé de 20 heures de France 2 :

« (…) Lorsque Saïf Al-Islam est arrêté, c'est l'escalade. En représailles, le pouvoir libyen décide de prendre en otages neuf passagers d'un vol Paris-Niamey qui faisaient escale à Tripoli, la capitale du pays. Ceux-ci seront emprisonnés, puis battus et torturés durant une partie de la nuit. Jusqu'aux environs de 5 heures du matin, heure à laquelle l'agent Desjardins commet l'irréparable. Alors qu'il surveille le fils du général Kadhafi, l'officier de police perd le contrôle de son arme dans des circonstances que l'enquête de la police des polices sera chargée d'élucider. Touché à la poitrine, Saïf Kadhafi meurt sur le coup. La diplomatie française en informe alors le pouvoir libyen quelques minutes après, et l'affaire tourne au tragique. Le colonel Kadhafi persuadé qu'il ne s'agit pas d'une bavure, décide d'engager de sanglantes représailles. Il ordonne l'exécution de deux de ses otages : Marie Poltzig, une haute responsable de l'entreprise Areva, et Tiago Santos, un ancien journaliste.

Désormais, nul ne sait où cette escalade de la violence s'achèvera, mais une offensive contre la Libye semble inéluctable. Dans un communiqué adressé aux familles et aux proches des deux victimes, le Président de la République a assuré (je cite) : « nous ne pouvons laisser la barbarie l'emporter face à la justice et la démocratie ; nous ne pouvons laisser nos compatriotes se faire assassiner sauvagement sans réagir. J'ai convoqué l'état-major de l'armée française, afin d'étudier toutes les options de représailles. C'est, à n'en pas douter, ce que Marie et Tiago auraient souhaité ».

Table des matières